Une année d'école

Éditions Verdier
11220 Lagrasse

Du même auteur
aux éditions Verdier

L'Île
Traduit de l'italien par Gilbert Bosetti, 1989
(Verdier/poche, 2006)

L'Année 15. Journal de guerre
Traduit de l'italien par Carole Walter, 2019

Giani Stuparich

Une année d'école

ROMAN

Traduit de l'italien par
CAROLE WALTER

Verdier/poche

www.editions-verdier.fr

ISBN : 978-2-37856-196-3

Dans le hall d'entrée désert, depuis la verrière en haut, descendait la lumière d'une matinée chaude et sonore de septembre. À l'extérieur claquaient encore, tels des drapeaux de fête, les vacances avec leurs jeux et leurs baignades. De la deuxième galerie provenaient de temps à autre des éclats de voix rieuses qui, se répercutant sur les colonnes, emplissaient la cour de vacarme.

Un petit groupe d'étudiants s'était rassemblé là-haut. Jeunes gens d'une autre époque, ils connaissaient les lieux depuis sept années et s'y déplaçaient avec une grande familiarité ; mais leurs gestes n'en étaient pas moins réfrénés par un vague sentiment de respect et de crainte. Si l'un d'entre eux, s'échauffant, élevait la voix, aussitôt les autres regardaient autour d'eux avec inquiétude, et lui-même semblait en être effrayé. Par intervalles, leur attention se tournait vers une porte, au-dessus de laquelle un panonceau rond laqué de blanc signalait en lettres noires que c'était la salle de classe de la terminale. Dans quelques jours ils allaient y pénétrer, et cette pensée les troublait et les remplissait d'orgueil. Mais ce n'était pas pour voir la porte de leur salle qu'ils s'étaient donné rendez-vous là-haut ce matin-là, encore en pleines vacances, sacrifiant une magnifique baignade. Leur curiosité avait été attirée par bien autre chose. Derrière cette porte, Edda Marty se bagarrait avec le thème latin. Edda Marty était courageuse ; c'était la première fille à tenter de conquérir une place dans ce lycée de garçons. Passer un examen dans huit matières, répondre sur un programme de cinq années de grec et sept de latin, ce n'était pas une plaisanterie.

Allait-elle réussir ? Serait-elle leur camarade de classe ? Ces jeunes gens avaient entendu des choses étonnantes à propos de son intelligence ; mais parmi eux un seul la connaissait un peu, les autres l'avaient juste vue, pour la première fois ce matin-là, passer dans le couloir, accompagnée par deux professeurs, et entrer dans cette salle. Personne n'était capable de bien saisir ce qu'il avait vu : deux grands yeux qui riaient et saluaient, et qui leur avaient un peu échauffé le sang à tous.

Marzi, une grande perche qui prononçait les *r* comme des *l*, celui qui prétendait bien la connaître mais refusait de dire comment et où il l'avait rencontrée, était au centre des assauts de tout le groupe. L'un voulait savoir quel âge elle avait, un autre demandait de quelle famille elle était, quelle école elle avait fréquentée, avec qui elle s'était préparée pour l'examen ; d'autres, plus audacieux, voulaient son portrait physique et moral, et Mitis – des yeux malins dans un visage sombre et une bouche cynique – demandait s'il la connaissait vraiment « *intus et in cute** ». À quoi Marzi rougissait de rage et ne répondait pas ; les autres s'esclaffaient, puis se taisaient, pliés en deux de rires contenus.

Un peu avant midi Edda Marty sortit de la salle. Elle avait le visage un peu congestionné et tenait à la main son chapeau de paille orné sur les côtés de deux petits bouquets de cerises. Elle fut encerclée. Marzi, surpris, essayait de se faufiler pour faire les présentations dans les règles, mais personne ne l'écoutait.

— Comment ça s'est passé ?

— C'était difficile ?

— Sur quoi c'était ?

Et elle, posant son regard sur l'un puis sur l'autre, répondait avec désinvolture, accompagnant de petits mouvements de tête les mots qui semblaient sortir de ses dents, droits et un peu sifflants. Finalement, elle planta là tout le monde, sur un « Salut, il faut que j'y aille », et descendit les escaliers en courant ; Marzi la suivit, et les autres se regardaient.

— Sacré personnage, affirma Neranz, le visage empourpré.

— Elle nous tutoie déjà, observa non sans étonnement Vitelli.

* « Intérieurement et sous la peau » (Perse, *Satires,* III, 30). [NDT]

— Ça c'est la meilleure, tu voudrais qu'elle nous vouvoie, répliqua ironiquement Pasini.

— Bref – déclara d'un ton sentencieux Mitis, qui avait repris son sérieux et tordait encore plus cyniquement sa bouche –, moi je dis que si cette friponne entre dans notre classe, elle va tous nous démolir.

À écouter Marty, tout se passait mal pour elle ; après chaque épreuve elle voulait renoncer. Et au contraire, elle réussit brillamment. « Elle a toujours prédit un désastre – critiquait Mitis – pour finalement obtenir un succès éclatant. »

En réalité, Marty était pessimiste, comme toutes les intelligences téméraires. Dans la vie elle faisait la même chose : elle se jetait avec audace dans les difficultés, mais n'était jamais sûre de pouvoir en sortir.

À l'âge de quinze ans, elle s'était enfuie à Vienne, pour se réfugier chez sa sœur qui étudiait à l'université, une sœur bien plus grande et plus chanceuse qu'elle. Pourquoi n'était-elle pas née, comme Hedwig, huit années plus tôt ? Pourquoi ne vivait-elle pas, elle aussi, dans une vraie ville comme Vienne, où les femmes peuvent fumer, aller au café, rentrer tard le soir, traiter d'égal à égal avec les hommes et discuter avec eux ? Elle se rappelait toujours ses premières années passées à Vienne – quel âge avait-elle alors ? à peine plus de sept ans –, quand de la fenêtre de la maison elle voyait Hedwig rentrer de l'école en la bruyante compagnie de ses camarades ; parfois, devant le portail, elle la voyait se bagarrer avec les garçons et leur arracher leur béret ; et quand ils lui arrachaient le sien, comme elle était belle alors, avec ses cheveux courts qui ondoyaient et son visage tout échauffé par la lutte ! Edda avait attendu avec impatience que les années passent, afin de pouvoir en faire autant. Mais voilà que son sort s'était précipité, voilà que ses parents avaient pris une funeste décision : ils l'avaient emmenée avec eux à Trieste – grand port de commerce, disaient-ils, mais en réalité une petite ville de province. Et là ce fut une vie complètement différente. Ses camarades de l'école primaire la regardaient comme une bête curieuse ; elles étaient timides, toute leur audace consistait à médire à voix basse ; elles se recroquevillaient dans leurs jupons quand elle proposait de jouer un vilain tour aux maîtresses ou de faire une incursion, dangereuse mais excitante, dans l'aile des garçons du même bâtiment. La langue, elle l'apprit vite. Au bout de deux ans, elle parlait comme une indigène. Mieux, elle appréciait la langue des Italiens, et préférait même parler l'italien à la maison, avec son père qui le baragouinait comme il pouvait. Mais ce qui lui plaisait plus encore, c'était la mer : promenades le long du rivage tous les jours, tours en barque et baignades, baignades à toutes les saisons. Mais là aussi, à l'occasion des baignades, elle avait expérimenté tout le provincialisme mesquin des habitants. Non, jamais elle ne pourrait s'habituer aux costumes de bain faits maison et conventionnels des gens du cru.

Ensuite, ses parents la mirent dans un lycée de filles. Elle ne le supportait pas. Plus elle grandissait et plus elle sentait qu'elle n'était pas faite pour cette vie-là. Quand elle rencontrait un garçon de son âge, elle l'enviait, se sentait prise d'une folle envie de porter elle aussi des pantalons et de se couper les cheveux. Lui au moins il pouvait se balader tout seul dans les rues, se mettre à courir si l'envie lui en prenait, sauter sur les petites colonnes des jetées et faire lors des baignades la gymnastique la plus folle, tous les plongeons les plus agiles et les plus vigoureux qu'il voulait. Et de ce manque de liberté, de cet étouffement de sa fantaisie vitale elle se plaignait, en pleurs et désespérée, auprès de sa sœur quand celle-ci venait pendant les vacances passer une semaine en famille. Hedwig la caressait, Hedwig la laissait s'épancher, la réconfortait : « Quand tu seras grande, tu seras maîtresse de toi-même », lui disait-elle ; et elle lui donnait des livres à lire, qu'Edda dévorait la nuit. Oui, s'il n'y avait pas eu de temps à autre sa sœur…

Mais, une année, la sœur ne vint pas et alors Edda, n'en pouvant plus, s'enfuit un beau jour à Vienne. Elle trouva Hedwig dans sa chambre au milieu d'un nuage de fumée, les pieds entrelacés à ceux d'un monsieur qui, fumant comme elle, se tenait comme elle avachi dans l'autre angle du canapé ; il avait le crâne brillant, dégarni, et un visage plus brillant encore, avec des yeux pénétrants derrière des verres arrondis. Elle resta perplexe sur le seuil, et cet homme lui fut d'emblée antipathique ; elle aurait volontiers jeté sur lui sa petite valise, s'il n'y avait eu ses chaussures couleur jaune d'œuf, entremêlées aux petites chaussures noires à bout pointu de Hedwig, qui l'intimidaient. Hedwig, sans bouger, manifesta son étonnement, eut un éclair de déception dans le regard, mais cela ne dura qu'un instant.

— Viens là, ma petite chérie, ma bécasse, l'appela-t-elle de sa voix caressante, avec son beau sourire désinvolte. Oh quelle bonne surprise, comment vas-tu ?

Et Edda, oubliant l'intrus, courut dans les bras de sa sœur, pleura et rit, s'épancha.

— Je te présente mon ami le docteur Wieselberg – telle fut la réponse de Hedwig.

Passe encore la fumée, passe encore son ami le docteur Wieselberg, mais ces quatre chaussures entremêlées, voilà qui ne plaisait pas du tout à Edda, laquelle retira de cette visite à Vienne davantage de désillusions que de plaisir.

Néanmoins, sa volonté de se libérer du milieu mesquin des filles, comme elle l'appelait, était restée tout à fait ferme. Et avant tout elle décida de se préparer en deux ans à l'examen d'admission à la terminale du lycée de garçons, qui lui ouvrait la voie de l'université. La loi était récente ; toutes ses autres camarades avaient peur ; elle, elle passerait l'examen. Et sa volonté l'emporta.

Les premiers jours, la classe fut comme un instrument auquel on aurait mis une corde en trop : on avait beau essayer, jamais on ne s'accordait. Les années précédentes, ces vingt jeunes gens qui se connaissaient comme se connaissent les fourmis, au toucher, reprenaient avec une grande facilité la vie scolaire ; en quelques heures se refermait comme par enchantement la parenthèse des vacances ; se reformaient les petits groupes par affinités, et les bandes de fainéants ; dès le premier jour, au plus tard le deuxième, un chœur général resserrait les liens et le professeur, que le tapage avait fait accourir, n'avait d'autre consolation qu'une réprimande platonique adressée à une classe qui, entre-temps, s'était mimétiquement reprise et observait un silence religieux. Le professeur s'éloignait ; après de multiples échanges de coups d'œil entendus, le chœur reprenait. Réapparition du professeur furieux, claquement de la porte et, en manière de punition, le cours commençait quelques minutes avant la sonnerie. Presque chaque année la même histoire : c'était la mesure d'attaque, après quoi, une fois retrouvé le ton, l'orchestre avançait tout seul, tant bien que mal.

Mais cette année-là, il n'en fut pas ainsi. Pas de chœur. Tous se sentaient désaccordés. Chacun avait du mal à reconnaître en l'autre son ancien camarade. Il y avait chez tous une forte volonté d'indifférence et de désinvolture, mais dans les faits l'embarras était évident. La seule personne vraiment désinvolte dans tout cela était la nouvelle venue. Edda Marty parlait avec vivacité à tout le monde, se déplaçait parmi ses nouveaux camarades comme si elle les connaissait depuis des années, et les transformait. Saletti, jusqu'alors muet et solitaire, devint un audacieux causeur, toujours parmi les plus présents dans le petit cercle qui entourait Edda ; à l'inverse, Turez, qui depuis son banc du fond de la salle avait coutume de lancer des piques qui provoquaient les rires de toute la classe, arborait à présent presque toujours un air renfrogné, mélancolique et dur. Quant à Mitis, l'arrivée de Marty avait allumé en lui un inextinguible feu d'artifice cérébral : jamais il n'avait été aussi imaginatif et brillant pour inventer blagues, paradoxes ou jeux de mots, et il en trouvait parfois de cinglants et raffinés, mais d'autres fois de grossiers et vulgaires jusqu'à l'obscénité. Marty non seulement ne semblait pas s'en offusquer, mais l'écoutait en souriant avec un air supérieur. Et autour, formant une meute excitée et ricanante, tous les voyous et les dévergondés, pour lesquels cette « femme » arrivée là parmi eux était comme un ferment inespéré offert à leur précoce dépravation.

Antero s'était éloigné de Mitis et de Pasini justement pour cette raison. Depuis les premières années il avait toujours régné entre eux une familiarité qui, au fur et à mesure qu'ils avançaient en âge, était devenue de l'amitié. Ils étaient bien ensemble : la réserve aristocratique d'Antero fusionnait avec la rude et plébéienne franchise de Mitis et avec la générosité bavarde de Pasini.

Tous trois étaient des jeunes gens dont la vie intellectuelle ne se limitait pas à l'enceinte scolaire. Ils se retrouvaient à l'extérieur de l'école pour de longues et libres discussions littéraires. Ils s'étaient partagé les trois poètes de l'époque : Mitis était un carduccien enragé, Antero, qui vouait une passion à Leopardi, était pascolien, et Pasini mettait D'Annunzio au-dessus des deux autres. Quand leurs esprits s'échauffaient trop et que les mots commençaient à cingler, alors Mitis se mettait soudain à réciter *Saluto italico* *; les vers sifflaient à travers ses lèvres épaisses, entre ses dents écartées, comme projetés par une passion rageuse qui mettait dans ses petits yeux une flamme rougeoyante. Antero et Pasini se taisaient, frémissants, et quand il avait fini ils s'exaltaient : « Oui, magnifique ! » Car, plus haut que tout critère esthétique, ils mettaient le sentiment patriotique ; la revendication du rattachement de Trieste à l'Italie était le but de leur vie. Ils organisaient des manifestations irrédentistes en classe, écrivaient un petit journal dont chaque mot était une promesse de victoire pour l'Italie, et où la rhétorique patriotique s'exprimait spontanément.

* Poème de Giosuè Carducci, dans les *Odes barbares,* 1877. [NDT]

Mais Edda Marty, soudain, vint se placer entre les trois amis. À son contact, Antero se fit plus raffiné, toute compagnie bruyante et vulgaire lui devint insupportable. Pour Mitis, ce fut le contraire : comme il était sceptique, il pensait que la femme devait être traitée de la manière la plus réaliste et triviale qui soit. Pasini ne s'éloigna pas ; lui-même n'usait pas de cette manière triviale, mais en riait avec sa grande bouche et ses beaux yeux très noirs, et au fond il approuvait Mitis.

Antero regrettait d'avoir rompu tout rapport de cordialité avec ses camarades, mais il préférait rester seul dans son coin. Et alors que tous tutoyaient Marty, il continuait à la vouvoyer.

La première fois que Marty et Antero se retrouvèrent seuls tous les deux à l'extérieur de l'école, ce fut pour un problème de mathématiques. Elle avait un bon niveau en mathématiques mais n'avait pas été capable de résoudre ce problème.

— Comment avez-vous fait pour résoudre le problème à rendre demain ? lui demanda-t-elle.

Antero rougit, chercha ses mots :

— Non, je regrette, je ne l'ai pas encore résolu, parce que malheureusement je fais toujours mes devoirs au dernier moment. Mais je vais essayer de le faire juste après le déjeuner, et ensuite, si vous voulez...

— Oui, je suis vraiment curieuse de voir si vous y arrivez.

Ils décidèrent de se retrouver à cinq heures à l'entrée de la galerie de Montuzza.

À trois heures, avec le problème résolu et recopié, il était déjà en chemin. Il longea les rives jusqu'à Sant'Andrea, revint sur ses pas, prit la via San Michele et monta à San Giusto, en redescendit, parcourut la galerie et à quatre heures et demie il était déjà à l'entrée de celle-ci. Au bout d'un moment, il vit Marty qui descendait les escaliers – il était cinq heures moins le quart. Il fut très content de cet empressement, un peu agité aussi.

Ils se serrèrent la main. Elle avait le visage très rouge. Antero avait les commissures des lèvres qui tremblaient.

— Déjà là ? Tu as résolu le problème ?

Antero mit la main dans sa poche pour y prendre la feuille avec le problème, la déplia et la lui tendit ; pendant tout ce temps il demeura comme paralysé de la langue, méditant sur l'emploi de ce « tu ». Pourquoi se mettait-elle tout à coup à le tutoyer ? Était-ce le « tu » habituel dont elle usait avec tous ses camarades, oubliant que lui-même voulait le vouvoiement ? Était-ce un « tu » spécial ? un « tu » amical ? un « tu » qu'elle réservait à lui seul ?

— Oh, regarde-moi ça ! mais oui, c'était facile en fait, il suffisait d'introduire une autre inconnue ! Bravo !

Cette fois, ils se regardèrent. L'iris de ses yeux à elle avaient une luminosité solaire, et les sentiments apparaissaient sur sa bouche comme des ombres légères sur les prés. Antero sombra dans toute cette lumière et sentit pendant un instant qu'il eût été préférable de ne pas exister, car cela faisait trop mal ; et il la regarda comme s'il l'implorait de lui donner la mort. Edda Marty battit des paupières comme pour éloigner d'elle ce regard et, ses yeux où scintillaient de belles paillettes dorées étant redevenus plus doux, d'une voix un peu sifflante, elle l'invita en rougissant à faire une promenade.

Ils montèrent les escaliers pendant un moment sans se parler ; Antero était tumultueusement heureux. Edda Marty était seule avec lui, l'école et les camarades ne le dérangeaient plus ; il pouvait lui parler sans être continuellement tourmenté par la présence des autres, sans le tapage alentour ni les plaisanteries qu'il détestait tant. Il avait l'impression d'avoir le cœur rempli de mots, et pourtant quand il s'agissait d'ouvrir la bouche, il ne savait que lui dire. Et elle ne se souciait pas de le tirer d'embarras, elle semblait marcher volontiers en silence à côté de lui. Mais bien vite, après quelques sujets banals et futiles, la conversation prit forme, et naquit un dialogue fait d'arguments subtils, plein et vif, car leurs âmes étaient en proie à une harmonieuse ébriété. Antero ne s'aperçut même pas que lui aussi était passé spontanément au « tu ». Ils furent amis, d'une heureuse et claire amitié.

Le lendemain matin, au lycée, le « vous » revint naturellement. Sauf qu'à présent les positions respectives d'Antero et de ses camarades avaient changé. Les voir durant les pauses tous regroupés autour de

Marty, avec leurs visages idiots et hilares, leurs gestes maladroits, n'était plus pour Antero un supplice ; au contraire, cela lui procurait une joie secrète, mettait en évidence le contraste avec leur promenade de la veille. Et ce qui le consolait plus encore, c'étaient les coups d'œil que de temps à autre lui jetait Marty depuis le milieu du groupe, comme pour lui dire, à lui qui se tenait à l'écart : « je ne suis pas avec eux, je suis avec toi ». De fait, il avait l'impression que cette capricieuse petite personne jouait avec les autres, et dans ce jeu ne montrait qu'à lui ses véritables sentiments. Et lui, tout en appréciant la situation jusqu'à en sourire tout seul, il plaignait ses camarades et particulièrement Mitis, qu'il voyait tellement sûr de lui, sûr d'avoir conquis Marty grâce à son esprit si vif, fier d'être supérieur à tous devant elle. Pauvre Mitis, dans son assurance il y avait comme l'ombre d'une souffrance.

À l'extérieur du lycée, les rencontres entre Antero et Marty devinrent de plus en plus fréquentes, les promenades de l'après-midi se firent presque quotidiennes. Elle était d'une gaieté débordante, se lançait dans de soudaines et audacieuses espiègleries, et Antero la suivait ; Antero, d'ordinaire si sérieux, n'hésitait pas à la poursuivre en plein milieu de la rue, à sauter par-dessus les petites colonnes des jetées, à faire des passes avec son petit chapeau orné de cerises, à rire avec cette plénitude qui fait vibrer le corps tout entier. Cependant, quand il le pouvait, il essayait d'emprunter des rues moins fréquentées et d'aller en direction de la campagne, car il craignait moins les regards des gens qu'une importune rencontre avec l'un ou l'autre de leurs camarades.

L'école était désormais pour Antero un terrain où se démener pour obtenir un coup d'œil éclair de la part de Marty, pour saisir l'occasion de l'approcher quand elle était seule, même pour un court instant, juste pour arranger le rendez-vous de l'après-midi. Heureuses journées, qu'il vivait dans une ivresse constante. Il se réveillait tôt afin de hâter le moment d'aller à l'école, pour être le premier, assis déjà sur son banc, à l'accueillir d'un salut des yeux dès qu'elle entrerait ; il repartait à la maison rempli de joie pour le rendez-vous de l'après-midi ; il prenait plaisir à la promenade avec elle et, après l'avoir raccompagnée jusqu'à sa porte, il continuait à marcher seul jusqu'à ce que le soir tombe, essayant de remettre en ordre, sans jamais y parvenir, son cerveau et son cœur en proie au tumulte ; il arrivait chez lui juste pour le dîner, se couchait tôt pour pouvoir rêver dans la solitude et l'obscurité du repos, évoquer encore et encore son image, se remémorer les attitudes et les propos des jours précédents et préparer en imagination ceux des jours à venir.

Cet après-midi-là, Edda Marty se déchaîna. Ils avaient enjambé des haies, murets et clôtures, traversé des jardins et des potagers privés, courant le risque d'être chassés à coups de bâton, ou poursuivis par les paysans sous des jets de pierres, ou bien mordus par les chiens. Mais à part quelques cris à leur encontre, tout s'était bien passé.

Antero était un peu préoccupé, nerveux. Ils s'attardèrent beaucoup, tant et si bien qu'il la laissa remonter seule jusqu'à sa maison sur la colline. Ce fut la première fois qu'Antero rentra à la maison alors que sa famille était déjà à table ; sa mère l'attendait et n'avait encore pas touché la nourriture ; elle le regarda d'un air affligé ; rouge et confus, il trouva une excuse, inventa un mensonge. Toujours attentive à son fils, la mère s'était aperçue depuis quelque temps qu'il avait changé, mais elle ne parvenait pas à découvrir la cause de son changement ; en le voyant si troublé, elle eut les larmes aux yeux et une grande tristesse pesa sur son cœur.

De son côté, Edda Marty, par principe, ne rendait jamais compte de rien à ses parents. Ce soir-là en rentrant elle aussi trouva le dîner déjà prêt. Son père lisait, sa mère était à la cuisine.

— Je n'ai pas envie de manger ce soir, dit-elle en jetant son chapeau sur le divan.

— Mais Edduccia, voyons, Edduccia, au moins un petit quelque chose ; comment pourrais-tu rester sans manger ? Allons, Edduccia, viens là, ma petite chérie, tu n'as même pas dit bonsoir à ton papa.

Monsieur Marty avait la moustache et les cheveux tout blancs, son visage anguleux était adouci par de bons yeux de chien. Avec sa fille cadette il parlait habituellement l'italien, mais recourait à l'allemand quand il était ému. Pour lui, elle était le paradis ; ce paradis dont on rêve toujours et auquel jamais on n'accède. Depuis que l'aînée, Hedwig, à laquelle il n'avait jamais été aussi attaché, avait pris son envol, se fichant pas mal de lui et prenant toujours parti pour sa mère, il avait concentré toute son affection sur Edda. Il aurait voulu qu'elle devienne… il ne savait pas bien quoi ; au moins, qu'elle soit tout à fait différente de Hedwig, qu'elle devienne une belle plante qu'il entourerait des plus tendres soins. Mais à son grand regret, avec un chagrin chaque jour plus profond, il voyait qu'Edda aussi allait emprunter une voie bien différente de celle dont lui-même rêvait. La faute à sa mère, cette femme qui avait fait son malheur. Qui donc l'avait ensorcelé le jour où lui, l'Allemand réaliste, était tombé amoureux de cette Slave capricieuse et taciturne, et malade de surcroît ?

Edda l'aimait bien, mais ne l'écoutait pas ; il avait fini par ne plus la réprimander. Et le jour où Edda lui avait dit : « Écoute, papa, je ne veux plus que tu sois usurier », il avait baissé la tête en ravalant ses larmes : c'était pour elle, pour sa chère Edduccia, qu'il avait fait cela, pour assurer à son Edduccia la subsistance et l'aisance ; ce coup de massue, il ne le méritait pas. D'accord, il ne prêterait plus à usure, si cela lui déplaisait – mais quel mal y avait-il à prêter à ceux qui en avaient besoin ? Usurier, usurier, quel mot injuste ! – il allait économiser davantage, épargner sur son salaire, car il voulait laisser, oui, un petit capital à sa chère petite et méchante Edduccia. Ce jour-là, les yeux du bon Marty brillaient de larmes, et à partir de ce moment il n'exigea plus rien de sa fille – il se contentait de la regarder, de la couver des yeux, de lui mendier une caresse, un salut.

Ce soir-là non plus il n'eut pas le courage de lui demander où elle était allée ; il était peiné qu'elle ne lui ait même pas dit bonsoir, et plus chagriné encore qu'elle ne veuille pas manger. Mais Edda prononçait de la tête un « non » qui était implacable. Elle déposa un baiser sur le front de son père et monta dans sa chambre. Elle ouvrit grand les volets sur la fraîcheur du soir.

En bas s'étalait la ville avec ses petites lumières denses jusqu'à la couronne plus lumineuse du rivage ; la mer sombre se fondait avec le ciel qui n'était parsemé d'étoiles que tout en haut, là où ne parvenait pas la lueur rougeâtre ; de faibles lumières, plus rares, constellaient les masses sombres des collines. Sous la maison, à gauche, brûlait, pauvre et jaune, l'unique réverbère de la rue. Edda tira une cigarette d'un tiroir fermé à clé et se remit à la fenêtre. Elle passait souvent une partie de la nuit à la fenêtre, en fumant. Elle ne fumait pas en public ; personne ne savait qu'elle fumait, sauf son père qui l'avait épiée, mais n'avait pas eu le courage de lui dire quoi que ce soit.

Là-haut, en compagnie de sa cigarette, le regard noyé dans l'espace, Edda Marty se laissait aller à ses rêveries. Venu de profondeurs inconnues, avec le sang qui lui montait à la tête, lui parvenait un tumulte de chimères, une ronde dans laquelle elle ne se souciait pas de mettre de l'ordre ; au contraire, plus elle était embrouillée, plus elle en jouissait. Elle avait l'impression de chevaucher les nuages rougeoyants d'un coucher de soleil, sautant follement d'une croupe de créature fantasmagorique à une autre ; et ces créatures avaient les corps les plus étranges d'hommes et d'animaux, et les figures les plus variées, tantôt douloureuses tantôt souriantes, de personnes connues ou inconnues ; elle s'amusait à caresser ou à fouetter l'une ou l'autre.

Soudain, elle était comme éblouie, la tête lui tournait, elle s'agrippait au rebord de la fenêtre et ressentait une douleur aiguë à la poitrine : une quinte de toux, qu'elle étouffait pour ne pas se faire prendre. C'était l'air froid du soir. Le sang redescendait, sa tête pesait comme une pierre, froide elle aussi, et plus que la nuit ; seules ses pommettes conservaient un peu de chaleur. Alors, bien que sa tête lui fasse mal, elle pouvait penser : c'était la réalité avec ses contours les plus tranchants qui se présentait à elle. Elle revoyait Antero, Mitis, Pasini, Marzi et tous les autres condisciples, leurs actes précis ; elle se rappelait tout ce qu'ils avaient dit, mot pour mot, le ton de leur voix, et elle pouvait les comprendre bien au-delà de ce qu'ils exprimaient par leur bouche, car elle voyait à l'intérieur de leurs âmes à travers leurs yeux ; mais elle n'avait rien de commun avec tous ces êtres ; ils l'épouvantaient même quelque peu, si bien qu'elle avait parfois envie de leur dire : « Mais poussez-vous donc, pourquoi vous pressez-vous autour de moi ? qu'est-ce que je vous ai fait, qu'est-ce que vous voulez ? » Et toute la vie si crue, avec ses méchancetés, avec ses dangers, avec cette épineuse solitude, telle qu'elle se montrait à présent à elle qui l'avait affrontée sans ménagement, lui apparaissait dans son ensemble comme une monstrueuse machine qu'il fallait fuir pour ne pas être broyé ; même l'école, les études, la manière dont elle s'accrochait sans avoir les forces adéquates, avec la seule témérité de sa volonté, où cela allait-il la conduire ? – Subitement elle n'avait plus mal à la tête, le sang remontait et, en même temps que le sang, les brûlantes fantasmagories.

Et un peu après encore, une nouvelle quinte de toux. « Ma toux, pensa-t-elle, la tête tout endolorie, est comme celle de Hedwig ; je l'ai si souvent entendue ces nuits où Hedwig veillait dans notre chambre en lisant jusqu'à l'aube, et moi je la suppliais : Hedwig, éteins donc la lumière, et elle me répondait avec mépris : dors, dors, tu es encore une gamine. »

« Hedwig ! Où peut-elle bien être en ce moment, Hedwig ? » Son cœur se serra ; elle la voyait, comme si c'était la réalité, malade, dans un lit sinistre, sans énergie, abandonnée de tous. « Ma chère Hedwig, ma sœur, non, non, je vais venir chez toi, moi je ne t'abandonne pas ; ne te désespère pas. N'entends-tu pas mes pas qui résonnent ? »

Edda sursauta, de la rue montait vraiment un bruit de pas. À cette heure ? Dans la lueur blafarde du réverbère passa la silhouette sombre d'un homme avec quelque chose de brillant sur la tête. Edda retenait son souffle. Un long coup de sonnette remplit d'effrayants échos la maison silencieuse. Elle se précipita hors de sa chambre, descendit l'escalier, ouvrit : c'était le télégraphiste avec un télégramme. Elle le lui arracha, courut dans la rue jusque sous le réverbère, afin de pouvoir lire : SUIS TRÈS MAL ARRIVE PAR LE DIRECT DU MATIN OCCUPEZ-VOUS DE ME FAIRE TRANSPORTER HEDWIG.

Mitis, Pasini et Momi attendaient Marty depuis déjà une demi-heure à l'angle des Volti di Chiozza. Le matin hivernal était bleu et cinglant. Depuis le monte Spaccato descendait une bora vigoureuse et ample. Jamais ils n'auraient un dimanche plus approprié à la balade qu'ils se promettaient de faire : aucun doute que l'étang de Percedol serait gelé. Mais Marty n'arrivait toujours pas. Avait-elle mal compris ? Mais non, on avait tant de fois répété : « Alors, à sept heures aux Volti di Chiozza. » L'état de sa sœur s'était-il aggravé ? Mitis était le plus nerveux, il tapait l'un contre l'autre les patins qui pendaient de ses épaules, attachés par une ficelle ; son visage était crispé et ses yeux tachetés de rouge. Pasini, avec un chandail en laine blanche qui faisait encore davantage ressortir ses yeux noirs dans sa figure pâle et sa tignasse noir corbeau toujours découverte, souriait amèrement de sa large bouche. Le plus tranquille était Momi, Momi le patient, l'inflexiblement muet. Il suivait Mitis comme un chien, était inséparable de lui.

— Trois quarts d'heure de perdus, bon Dieu de bon Dieu... Mitis commençait à jurer.

— La voilà, dit Pasini. En effet, c'était bien elle qui arrivait de via del Torrente, d'un pas pressé ; elle avait un bonnet blanc et un tricot gris ; ses patins, qu'elle portait sur le côté, brillaient ; sa démarche était ostensiblement masculine, le corps un peu en avant.

Elle était gaie. Elle serra la main à chacun, appuyant son salut d'un petit mouvement de tête.

— Cette nuit, je n'ai pas fermé l'œil, parce que ma sœur allait très mal ; à l'aube ça s'est un peu amélioré. Quelle magnifique journée ! La balade va me tenir éveillée. C'est sûr que ça a gelé, dit-elle en regardant vers les contreforts du Carso, que le vert des pins et le blanc de la neige tachetaient entièrement, sauf sur les pentes les plus raides, de roche grise.

Mitis et Pasini se placèrent de part et d'autre de Marty, Momi marchait derrière Mitis. Ils arrivèrent bientôt sur la vieille route qui mène à Opcina. Ils montèrent d'un bon pas.

— Mitis, tu es de mauvaise humeur aujourd'hui, dit Marty avec un regard de biais et un air provocant.

— C'est que je suis vraiment bête...

— Ça, on le sait !

— Non, je suis bête de me faire encore des illusions sur le fait que les femmes aient du cœur. Elles n'ont ni cœur ni cervelle, peut-être qu'elles ont quelque chose d'autre… mais c'est bien tout ce qu'elles ont.

Edda se mit à rire et, s'adressant à Pasini, elle dit :

— Tu sais pourquoi il en a toujours après les femmes ? Parce que sa fiancée doit lui donner de bonnes tapes sur les mains quand il l'agresse ; tu ne vois pas comme il est agressif, toujours les poings en avant ?

— Tu veux me provoquer. Je t'ai dit une fois pour toutes que les fiancées puent le rat grillé comme les vieux pièges, et que moi je veux ronger les beaux grains de blé qui poussent en plein air.

— Voilà que tu fais le fanfaron. Tu m'avais pourtant bien parlé d'une petite amie aux cheveux d'or !

— Oui, oui, de l'histoire ancienne, laissons-la tranquille.

Mitis fit une moue de mépris, et une ombre de mélancolie passa sur son front. Mais il se reprit aussitôt.

— Moi j'en ai après les femmes, et j'en aurai toujours après elles, parce que ce sont des menteuses.

— Elle est bien bonne, celle-là ! Et toi, tu ne dis jamais de mensonges ?

— Si, mais quand j'en dis, c'est consciemment. Alors que vous, vous ne savez même pas que vous mentez. Le diable vous a spermatisé le cerveau.

— Oh, arrêtez de dire des bêtises, intervint Pasini, avec la montée qui nous coupe le souffle, et le martèlement de vos piques et répliques…

— Qu'en dis-tu, toi, gentil Momi, de ton camarade si mal embouché ? Je parie que tu es scandalisé. D'ailleurs je n'ai jamais compris pourquoi tu l'aimais bien l'aimer. Et tout en parlant ainsi, Marty avait ralenti le rythme et glissé son bras sous celui de Momi qui grimpait calmement derrière, à pas longs et cadencés.

Momi leva la tête – on aurait dit qu'il buvait quelque liqueur tombant du ciel goutte à goutte, puis la baissa sans rien dire.

— Momi est plus généreux que toi ; il donne et ne veut rien en retour, dit Mitis.

— Momi, il en sait plus long que ce que vous croyez. Rien ne l'étonne, ajouta Pasini.

— Momi, dit Mitis les dents serrées, serait le seul amoureux qui te conviendrait.

— Pourquoi ?

— Justement parce qu'il ne s'étonne jamais de rien. Et comme mari, tu pourrais prendre cet idiot de Neranz.

— Tu sais que Neranz s'est montré audacieux ? Justement hier il m'a demandé s'il pouvait venir chez moi pour demander ma main à mes parents.

— Alors, épouse-le, grosse maligne ! Il est millionnaire.

— Je ne sais pas comment j'ai fait pour ne pas éclater de rire. Au contraire, je lui ai dit avec le plus grand calme : « Mon cher Neranz, nous en reparlerons. Pour l'instant je n'ai aucune main libre. » En effet, dans l'une j'avais mon parapluie et de l'autre je balançais au bout de la courroie mon paquet de livres de telle manière que j'aurais eu bien envie de le lui envoyer en plein sur sa figure aplatie et toute plissée ; pas pour lui faire mal, mais pour voir tomber ses antipathiques lunettes, cerclées d'or, qu'il doit soutenir de tous les côtés pour qu'elles restent en équilibre sur son petit nez en trompette !

Mitis ricanait :

— Tu m'as remis de bonne humeur avec le petit nez de Neranz ! Au moins quand tu es méchante pour être méchante, tu me plais.

Pasini souriait de sa large bouche, et demanda :

— Et ce pauvre Marzi, qu'est-ce qu'il lui est arrivé ? Tu l'as autant maltraité que Neranz ?

— Oh, Marzi, pas touche – dit Marty sur un ton dont il était difficile de savoir s'il était sérieusement catégorique ou exagéré pour rire –, Marzi, c'est mon premier ami, on se connaît depuis qu'on est tout petits, quand il m'apprenait à jouer à la toupie.

— Très bien, maintenant c'est lui la toupie. Mais moi je vais te dire, ajouta Mitis en s'adressant à Pasini, pourquoi on ne voit plus Marzi avec Marty. Il y a trop de concurrence ! Et tous les autres, pour son malheur, prononcent mieux les *r* que lui !

Ils éclatèrent de rire, même Momi ; c'était à peu près la seule expression qu'il laissait paraître sur son visage.

— Mauvaise langue, répliqua Edda Marty, Marzi est dix fois plus beau que toi.

— Même s'il était cent fois plus beau, entre lui et moi tu choisirais toujours un troisième.

— Qui donc, par exemple ?

— Eh bien, Vitelli, Pasini, Antero…

— Ça fait trois, pas un.

— Oui, mais ce troisième tu dois le voir comme… un troisième à l'infini. Bref, tu choisis toujours le troisième, mais tu ne te fixes jamais.

Pasini n'appréciait pas la tournure que prenait la conversation ; il souffrait. Et à l'évocation du nom d'Antero, si inattendue, Edda Marty avait elle aussi froncé les sourcils.

— Quelle chaleur, dit-elle en s'arrêtant.

En effet la montée l'avait échauffée et elle avait les cheveux tout collés. Elle enleva son bonnet, et elle était sur le point d'ouvrir un peu le col de son chandail, quand l'atteignit en pleine poitrine une boule de neige qui, en se pulvérisant, la couvrit entièrement de blanc.

— Traître ! cria-t-elle à Mitis, en adoptant tout de suite une attitude défensive.

Sous le rebord de la route il y avait de la neige dans le fossé. Le premier à l'avoir vue avait été Mitis, qui en deux temps trois mouvements avait sauté sur le côté, façonné deux poignées de neige et lancé la boule.

La bataille commença. Mitis se mit contre Marty et Pasini. Momi se tenait à l'écart.

— Momi, espèce de lâche, criait Mitis hors d'haleine.

Momi semblait jouer les spectateurs ironiques, mais en fait il attendait le moment opportun ; quand il vit que Pasini et Marty, sûrs désormais de leur victoire, s'élançaient sur Mitis soit pour le mettre en fuite soit pour l'enfoncer dans la neige, il commença à viser le dos et la tête de Marty qui, surprise, dut se retourner pour l'affronter. Profitant de cette aide salvatrice, Mitis passa à l'offensive contre Pasini et le mit en fuite ; puis il se retourna brusquement pour coincer Marty. Momi et Mitis se jetèrent sur elle, la mirent à terre ; Pasini se jeta sur le groupe pour la défendre ; ils finirent par tous rouler dans la neige, emmêlés, avec des hurlements et des rires.

— Ça suffit, ça suffit, vous m'aveuglez, s'écria Mitis, parce que comme d'habitude, une fois par terre, tous s'étaient acharnés contre un seul.

Ils se levèrent, secouèrent la neige qu'ils avaient sur eux. Marty avait les cils et les cheveux scintillants, et elle était très belle ainsi ébouriffée, lumineuse et hors d'haleine. Pasini, les poignets encore tremblants, se serait volontiers agenouillé sous l'effet de l'admiration. Il aurait pu se mettre à pleurer, mais il devait rire, participer à cette tourbillonnante succession de tromperies. Mais pourquoi ne pas tomber le masque ? Pourquoi n'avait-il pas eu le courage, quelques minutes plus tôt, quand ils roulaient ensemble dans la neige, de la prendre dans ses bras, de la serrer contre sa poitrine, de l'embrasser ? Ne rencontrait-il pas parfois dans son regard une incitation à le faire ?

— Il faut qu'on y aille, dit Mitis, sinon on ne pourra plus patiner aujourd'hui.

Ils se remirent en route, silencieux pendant un long moment, comme si cette bataille de boules de neige les avait épuisés. Pasini était toujours plongé dans ses douloureuses pensées. Oui, Antero avait raison quand il lui disait qu'il ne pouvait pas supporter ce cirque, ce chahut d'ivrognes autour de Marty. Il avait bien fait de se retirer à temps. Pourquoi lui-même ne se débarrassait-il pas de ces deux… intrus ? Deux intrus ? Non. Mitis n'était pas un intrus, il était éperdument amoureux de Marty. « Si un jour je me suicide, lui avait-il avoué, ne me regrette pas, la vie ne vaut rien. » S'il continuait à plaisanter c'était par désespoir ; ça se voyait dans ses yeux. Et Momi ? Momi avait la chance de pouvoir enfouir ses sentiments dans sa poitrine, mais lui aussi devait être amoureux de cette fille, et peut-être même avec encore plus d'ardeur profonde que tous les autres ; il l'avait observé parfois : quand il pensait qu'on ne le voyait pas, son regard se fixait sur elle avec une effrayante intensité. Ainsi donc, il n'y avait pas d'issue. À qui serait-elle ? Il fallait l'affronter une bonne fois pour toutes.

Mitis avait recommencé à plaisanter, sa voix stridente cinglait l'air ; le froid faisait sortir de sa bouche une buée, qui « ressemblait au serpent de Pinocchio », avait observé Marty. Mais à présent elle ne répondait plus à ses plaisanteries, et il en était fâché.

À Opcina ils rencontrèrent un autre groupe de camarades. Ces derniers se joignirent à eux avec de grands cris d'enthousiasme, bien que Mitis et Pasini en fussent contrariés. Mais Marty, dès qu'elle les avait vus, avait couru vers eux et ils l'avaient enfermée dans une ronde endiablée.

À Percedol il y avait bien de la glace, mais trop fine encore, et Vitelli qui, pour faire le malin devant Marty, s'y était aventuré en criant : « ça tient, ça tient », faillit se noyer ; on dut le repêcher à l'aide de bâtons. Quand il sortit de l'eau, on aurait dit une loutre. Il devint la cible des blagues et le divertissement de toute la compagnie pendant le reste de la balade. Les uns voulaient le déshabiller entièrement, les autres le rouler dans la neige pour soigner le mal par le mal, d'autres encore le rhabiller avec des pièces de vêtements empruntées aux uns et aux autres. Bref, il eut bien du mal à se défendre. De retour à Opcina, les choses se mirent à dégénérer ; Vitelli était une bonne pâte, naïf comme un bambin, mais quand Zottig, à force de le tourmenter avec des plaisanteries vulgaires et brutales l'eut bien poussé à bout, il lui asséna un coup de poing, et Zottig, frappé en pleine figure, pâlit, tomba à genoux et s'évanouit ; il fallut le porter jusqu'à la pharmacie du village, parce que le coup lui avait brisé le nez.

Mitis, Pasini et Momi en profitèrent, avec Marty, pour se séparer de la compagnie. Ils descendirent par la Scala Santa. Le terrain était glissant. Marty, qui avait perdu un talon, se laissait soutenir par Mitis et Pasini qui lui donnaient le bras. Momi suivait, comme d'habitude. Ils ne voulaient pas le reconnaître, mais cette fin tragicomique avait plombé leur esprit à tous les quatre. Et puis, Mitis et Pasini avaient la gorge serrée en sentant qu'ils effleuraient à tour de rôle le corps de Marty. Pour se distraire chacun de ce qu'il ressentait et pour remplir le vide extérieur, ils se mirent tous à siffler sur un tempo de marche rapide.

Les gens étaient scandalisés. Cette fois, la mesure était comble. Cette fille ne respectait même pas les morts. Dans de nombreuses familles, surtout celles des anciennes condisciples d'Edda Marty, on ne parla pendant des jours et des jours que des funérailles de sa pauvre sœur. Même dans une circonstance pareille, aller provoquer, piétiner toutes les convenances humaines et sociales ! Avait-on jamais vu une parente, une sœur, suivre le corbillard vêtue de cette façon ? Avec ce manteau d'homme, ostensiblement blanc, avec ce bonnet de fourrure sur la tête comme si on était en Sibérie ? Il aurait fallu rouer de coups, non pas la fille, mais ses parents, qui la laissaient commettre une telle profanation. Quant à elle, elle était ou mauvaise ou folle, parce que l'originalité a ses limites.

En réalité, Edda Marty avait souffert pendant tous ces jours jusqu'à presque en perdre la raison. Depuis décembre où sa sœur était arrivée jusqu'au jour de la fin mars où elle était morte, elle l'avait assistée sans relâche. Elle avait veillé de nombreuses nuits à son chevet, et s'était tout de même rendue au lycée le lendemain matin, avait réussi à suivre les cours et à se montrer joyeuse avec ses camarades ; elle ne savait pas elle-même comment elle avait fait. Elle s'était promenée beaucoup moins souvent avec Antero ; juste une ou deux fois par semaine, pour passer un peu de temps avec lui, parce qu'elle se sentait bien à ses côtés : il était si sensible et si doux qu'elle trouvait de l'apaisement dans ses propos et dans ses regards ; il était sans doute le seul à comprendre sa tristesse intime. Et si elle avait fait quelques balades avec les autres, c'était durant les jours où Hedwig allait mieux, sur la recommandation de cette dernière, et aussi pour se divertir, s'enivrer d'air et de bêtises, car le poids de la douleur, à force, l'oppressait.

Pour sauver sa sœur, Edda aurait donné sa vie. Elle l'avait toujours beaucoup aimée. Mais elle n'avait pu la connaître vraiment que pendant ces quelques mois. Hedwig, quand elle pouvait parler, ne parlait qu'à elle. Elle était sereine, résignée à mourir.

— Viens plus près, ma petite chérie – ainsi l'appelait-elle ; et elle lui caressait la tête d'une main qu'elle avait du mal à soulever –, moi je vais mourir, mais toi tu dois prendre garde. Notre ennemi est là, dans notre poitrine : nous l'avons hérité de notre pauvre maman ; mais il ne faut pas lui en vouloir pour ça, tu ne vois pas qu'elle est pétrifiée par la souffrance ? Elle le sait, je l'ai surprise à s'arracher les cheveux et sangloter, alors que tu dormais : « Ma pauvre petite Edda, tu n'aurais pas dû naître, tu es destinée à mourir comme l'autre, comme tout ce qui naît de moi. » C'est la femme la plus malchanceuse et la plus seule que je connaisse. Aime-la. Et toi, prends soin de toi : mène une vie saine, en plein air, endurcis ton corps, et dès que possible fais un long voyage ; apprends à connaître ton mal et terrasse-le par la force de ta volonté ; ne fais pas comme moi qui lui ai préparé le terrain et l'ai laissé prendre possession de moi petit à petit ; maintenant, c'est trop tard : maintenant je n'ai même plus la volonté de vivre.

Edda restait muette et pleurait, mais elle espérait toujours que sa sœur vivrait.

— Garde ta liberté de conscience et d'action, lui disait-elle encore, elle est précieuse et nous avons payé cher pour la conquérir. Mais sache en user, mieux que moi qui l'ai gâchée. Ne te fie pas au monde. L'autre danger que nous avons en nous, c'est de nous faire facilement des illusions, de croire n'importe quoi. Non, ne crois pas les hommes s'ils ne t'ont pas d'abord donné de grandes assurances. Ne te fie pas à leur amour, à leur apparente bonté, ils sont gentils jusqu'à ce qu'ils aient atteint leur but ; eux, les mâles, ils te tourneront autour parce que tu n'es pas une femme ordinaire, ils te courront après parce que tu as une conscience libre ; mais dès qu'ils le pourront, si tu leur cèdes, ils t'enlèveront ta liberté.

— Moi je ne crois en rien, lui avait-elle dit la dernière fois qu'elle put se soulever de l'oreiller et parler, je ne croyais qu'en moi-même tant que j'avais l'énergie de vivre, maintenant je suis comme un arc qui n'a plus de corde pour être tendu. Si Dieu existe, il ne peut qu'être plus grand que les hommes, et il ne peut punir leur ignorance. Mais je ne veux ni prêtre, ni funérailles, ni croix ; enterrez-moi dans un coin de terre ignorée.

Malgré cela, ils avaient voulu le prêtre, les funérailles, la tombe au cimetière. Edda s'y était opposée, elle avait hurlé, juré ; cela n'avait servi à rien. Jamais elle n'avait vu son père et sa mère aussi fermes et obstinés, épaulés par d'autres parents qui étaient venus pour la circonstance : eux, son père et sa mère, qui l'auraient laissée se perdre tant ils manquaient d'énergie, tant ils étaient incapables de s'opposer à ses caprices, ils avaient manifesté une volonté féroce pour avoir un prêtre et des funérailles, tout en sachant que la morte n'avait désiré ni l'un ni l'autre.

Alors Edda, de rage et de désespoir, avait commis des extravagances. Ils avaient voulu un prêtre – alors elle monta la garde pour qu'ils ne mettent sur la morte ni couronne, ni crucifix, ni symbole religieux. Ils avaient voulu des funérailles – alors elle ne porterait pas le deuil, elle accompagnerait la morte de manière à se démarquer de tous les hypocrites qui la suivaient.

Plus tard, une fois calmée, elle avait compris qu'elle avait mal agi, que c'était juste une pose, attirant plus davantage tous les regards sur ce mélancolique corbillard, d'un blanc pompeux, si tristement différent du pauvre et humble corps consumé qu'il portait. Elle avait fini par céder aux supplications mêlées de sanglots de sa mère, et se rappelant aussi les paroles de Hedwig, elle avait revêtu une simple robe de laine noire.

Cela faisait six jours qu'elle n'était pas allée au lycée. Elle vivait comme hébétée, passant les matinées et les après-midi dans le jardin. Un jardin un peu sauvage, en terrasse, sur la pente d'une colline qui dominait la ville. Elle descendait jusqu'au dernier replat, étroit, se terminant par un muret ; elle s'asseyait dans l'angle, sur une longue planche de bois brut qui, prenant appui sur le gros mur latéral du jardin, servait de banc ; elle était protégée du soleil par une petite pergola de vigne rameuse. Là, elle était comme séparée du monde : de la ville ne parvenaient que des bruits étouffés et, de temps à autre, plus clairs, les sonneries du tramway et le carillon de l'horloge sur la place juste en dessous. Au-delà du muret, plus loin que ce premier plan, le regard courait sur le ciel, s'arrêtait parfois sur la colline en face, parsemée de petites maisons qui ne semblaient pas être des habitations humaines, mais des taches de couleur. Elle emmenait Alì, le chien que Hedwig aimait tant. Alì était devenu son ami, il se couchait à ses pieds ; et tous les deux, presque sans bouger, passaient ainsi de longues heures.

Les nuages face au soleil couchant étaient, ce jour-là, légers et teintés de rose.

Cela avait été la première journée vraiment douce, bien que l'on fût déjà en avril ; mais le printemps était arrivé tardivement. Edda, assise à sa place habituelle, caressait Alì. Pour la première fois, après ces six jours, elle se sentait l'âme un peu plus claire.

— Edda, Edda !

Elle entendit la voix de sa mère appeler depuis la maison. Elle s'étonna de cette voix, de ce nom ; elle ne se rappelait même plus qu'elle s'appelait Edda. Et que pouvait bien lui vouloir sa mère ?

Elle courut jusqu'à la maison. À peine était-elle parvenue, un peu essoufflée, à la porte du jardin, qu'elle vit Antero dans l'entrée. Ce fut comme si se déversait à l'intérieur d'elle-même une source qui avait été obturée ; et son jaillissement la remplit de bien-être.

— Antero, viens, viens ! lui cria-t-elle.

Mais Antero était péniblement embarrassé ; son chapeau à la main, il regardait de tous les côtés, ne la voyait pas, ne savait vers où se diriger. Près de l'escalier il y avait un petit couloir sombre au fond duquel s'ouvrait la porte du jardin : dans l'embrasure, à contre-jour, Edda, silhouette noire et élancée, agitait le bras :

— Par ici, par ici ! criait-elle.

Il finit par l'apercevoir. Comme il allait la rejoindre, le chien se mit à grogner.

— Couché, Alì. Viens, on va descendre au jardin, lui dit-elle, et elle lui prit la main, le conduisant jusqu'aux premières marches.

Antero ne pouvait prononcer un seul mot. Cela lui avait déjà coûté un gros effort de monter jusqu'à cette maison, de sonner à cette porte ; plusieurs fois il avait été sur le point de rebrousser chemin, plusieurs fois il avait saisi et lâché la poignée ; il avait fini par la tourner comme dans un rêve. Il avait très souvent accompagné Marty jusqu'à la porte de cette maison, mais n'était jamais entré.

Edda, qui le précédait, ne parlait pas non plus et se tournait vers lui de temps à autre en souriant, ce qui lui permit d'apaiser son trouble. Il l'observait ainsi vêtue de noir, les bras à demi nus : elle n'avait plus ce quelque chose de viril qui raidissait un peu sa figure et, avec les cheveux attachés en arrière et maintenus sur la nuque, son visage était moins animé mais, en compensation, plus délicatement harmonieux. Comme ces quelques jours l'avaient changée ! Il la regardait, au milieu de son jardin, parmi les plantes qui, encore transies et dénudées, commençaient tout juste à se revêtir de bourgeons. Dans cet air transparent, avec les premiers éclats du coucher de soleil, ce jardin dans lequel ils marchaient avait quelque chose d'aérien et de fragile ; on aurait dit qu'un mot un peu vif, un geste maladroit, pouvaient rompre l'enchantement. Mais aucun des deux n'avait envie de parler.

Arrivés au banc, Edda s'assit et Alì se coucha aussitôt à ses pieds. Antero resta un moment debout à la contempler ; il croisa son regard, y lut comme une prière de se montrer simple, humain, car elle-même s'abandonnait avec confiance à cette paix des choses. Alors il s'assit également, tout près. Elle baissa la tête, la posa dans ses mains en coupe. Dans l'air on entendit une note dense, qui en se propageant le remplit de frémissements et de sonorités ; lent et ondoyant, depuis les églises les plus lointaines, montait le tintement des cloches vespérales qui, telle une voûte de ciel doré au-dessus d'un triste brouillard, surmontait de sa magnificence le murmure cancanier de la ville.

Antero sentit sa poitrine se gonfler d'émotion. D'une nature mélancolique et sentimentale, il aurait voulu pleurer pour se dissoudre et se fondre dans cette ample et douce tristesse. Mais il avait peur de se dévoiler, de se mettre à sangloter, tandis qu'un autre nœud, plus tenace, se formait en lui à côté de celui, léger, de la mélancolie. L'odeur subtile du corps de cette jeune fille si proche, l'odeur de ses cheveux, son cou et sa nuque découverte, blanche et délicate, au bord de laquelle sa chevelure mollement bouclée prenait des reflets dorés, tout cela troublait la limpidité de cette harmonie vespérale et faisait naître dans son cœur et dans son esprit une souffrance aiguë ; ses lèvres tremblaient. Si Edda avait levé la tête juste un instant, si elle avait parlé, alors il eût été sauvé, elle eût été sauvée : tout aurait repris ses proportions naturelles, tout aurait été comme avant, comme toujours. Mais Edda restait immobile, le visage baissé et posé entre ses paumes, perdue dans un grand vide lumineux et vibrant, mais les sens en éveil et intensément tendus : l'attente la faisait souffrir elle aussi. Quand elle sentit deux lèvres chaudes se poser sur sa nuque, elle éprouva une sorte de soulagement. Mais elle resta encore immobile, et ce n'est que lorsqu'elle sentit le bras d'Antero lui enserrer la taille et l'attirer vers lui qu'elle leva la tête, l'abandonna sur son épaule, et se laissa embrasser sur la bouche.

Baisers, baisers, baisers. Désormais ils ne pensaient à rien d'autre qu'à s'embrasser. C'était une soif fébrile de baisers. Ils avaient repoussé l'heure de leurs rendez-vous, pour pouvoir marcher au crépuscule, en étant moins observés ; ils choisissaient les rues désertes, les ruelles des faubourgs, les recoins les plus cachés ; si la rue grimpait à flanc de colline, encaissée entre des murs, ils s'arrêtaient aux tournants, elle s'appuyait contre le mur et lui, après s'être assuré que personne ne montait ni ne descendait, l'embrassait longuement sur la bouche. Ils parlaient peu, et jamais de leur amour, mais de choses indifférentes, lointaines. S'ils devaient se retrouver plus tôt, ils se donnaient rendez-vous à une station de tramway en bordure de la ville. Il était là à l'attendre ; ils marchaient en direction de la campagne.

Une sente ensoleillée, entre villas campagnardes et domaines, grimpait à flanc de colline, sur la pente de San Vito qui donne sur les chantiers et le golfe de Muggia ; à mi-pente se trouvait une grille toujours ouverte. Ils entraient et, après quelques pas sur un sentier, une fois franchi une haie, ils se retrouvaient dans un petit champ ; de là, sans être vus, ils jouissaient de toute la vue sur la mer et la colline en face, émaillée de maisons, jusqu'à Punta Sottile. Les épaules appuyées contre une vieille charrue, ils restaient de longues heures à s'embrasser et à regarder, jusqu'à ce que le soleil s'éteigne sur leurs visages.

Parfois ils se retrouvaient même le dimanche matin. « Demain on va marcher », se disaient-ils, comme si dire « on va marcher » signifiait l'interdiction des baisers. Ils sentaient qu'un repos était nécessaire, une pause pour leur exténuant désir ; et de fait le lendemain ils mettaient toute leur bonne volonté à marcher, s'efforçant de revenir aux attitudes désinvoltes et aux conversations du temps où ils étaient simplement deux camarades de lycée qui s'entendaient bien et faisaient ensemble de joyeuses promenades ; mais une occasion offerte par leur marche complice, un mot prononcé avec passion, parfois la simple rencontre de leurs regards, les replongeaient dans l'anxiété amoureuse ; leurs baisers avaient alors une douce et forte saveur de rage et de sang.

Un matin nuageux, dès qu'ils furent sortis de la zone habitée, ils eurent tous les deux en même temps l'idée d'aller s'asseoir sur le bord herbeux du sentier. Un grand silence régnait sur la campagne. Il se mit à pleuvoir doucement. Il ouvrit son parapluie et l'appuya contre la pente ; là-dessous, tous deux s'étant allongés sur le côté en contact avec la terre chaude, et ayant fait de leurs bras un coussin pour leurs têtes, ils unirent leurs lèvres. Ils étaient enivrés par le parfum de la terre, par le tambourinement de la pluie sur ce baldaquin improvisé. La fraîcheur semblait calmer leur ardeur. Ils se relevèrent complètement trempés.

Un autre matin, ils se retrouvèrent sur le dos d'une colline pierreuse tout en broussailles, parsemée çà et là de genévriers rares et bas. Ils étaient un peu essoufflés et en sueur à cause de la montée ; alors qu'ils arrivaient au sommet, une froide rafale de bora les accueillit. Le vent se renforça juste à ce moment. Tout était désert ; seule une sorte de guérite défiait la bora, tout là-haut, au sommet. Elle avait dû être un abri pour les douaniers. Ils passèrent à côté : elle était vide, abandonnée. Ils se regardèrent, dans leurs yeux le désir s'était allumé. À l'intérieur, ils purent tout juste s'asseoir côte à côte sur le siège en bois, serrés l'un contre l'autre. Il passa un bras autour de sa taille et leurs bouches se joignirent. Le vent sifflait, hurlait, se déchaînait ; la guérite tremblait, grinçait, ses flancs crissaient, on aurait dit que d'un moment à l'autre une rafale plus violente allait la soulever de terre. Edda avait froid, il la serra de ses deux bras tout contre sa poitrine ; il embrassait son cou, ses cheveux, son front et de nouveau sa bouche. Si le vent les avait emportés et jetés dans la mer, enfermés là-dedans, ils auraient été heureux. Ils sortirent brisés, transis, et s'élancèrent pour descendre la pente sous le chaud soleil.

Et cela, c'étaient les occasions, fortuites, qu'ils saisissaient sur l'instant. Mais, certains jours, s'emparait d'eux l'obsession de s'embrasser ; alors, ils se cherchaient l'un l'autre juste pour cette raison et étaient prêts à prendre tous les risques. Antero arrivait à l'improviste chez elle, avançant le prétexte d'un cahier ou d'un livre si c'était la mère qui venait lui ouvrir. Ils descendaient dans le jardin, s'asseyaient sous la pergola de leur premier baiser ; et ils restaient côte à côte, souffrant doucement de l'attente, n'osant pas s'embrasser là, dans cette lumière, car le regard aigu de la mère pouvait traverser le feuillage et les atteindre. Mais au bout d'un moment ils remontaient et, une fois qu'ils étaient arrivés dans le petit couloir sombre à côté de l'escalier, elle s'agrippait étroitement à son cou : il semblait que leurs bouches ne pouvaient plus se désunir. Ils n'avaient presque plus de souffle quand, sur le pas de la porte, ils se disaient au revoir à voix haute pour qu'on les entende.

Antero était heureux. Pourtant, il éprouvait une pesanteur tenace jusque dans son sang. En dehors du moment des baisers où il s'oubliait lui-même, jamais il n'était serein ; son esprit s'assombrissait. De même que ce jour-là, après le premier baiser, il avait senti que la douce félicité cachait le goût amer de la mort, de même après l'exaltation il retombait toujours dans de mélancoliques et sombres pensées. Le soir, désormais, il rentrait tard à la maison par habitude, il ne se souciait même plus de trouver une excuse, et il était intraitable, insensible à la vue de sa mère qui souffrait – il avait l'égoïsme de celui qui pense que sa propre souffrance est plus grande.

Pour Antero, ils étaient derrière lui, les beaux jours des joyeuses promenades lors desquelles tout était clair, objet d'une sereine jouissance ; les beaux jours où il allait au lycée le cœur prêt à recevoir et à rendre le premier salut du regard, où le soleil naissant sans l'ombre d'un nuage promettait toute une journée lumineuse ; quand la voir lui suffisait, quand marcher à ses côtés, rire, s'amuser avec insouciance était le bonheur suprême, qui de temps à autre débordait en innocentes extravagances et explorations débridées. Alors, le soir, c'était un plaisir de se rappeler la journée passée, et il ne restait que le joyeux désir de voir renaître le soleil.

À présent, au contraire, le matin au lycée était douloureux, ces heures étaient une torture ; avec un sentiment d'angoisse il la cherchait au milieu de tous ces obstacles, et quand leurs regards se croisaient, il en restait troublé pendant un long moment. Edda, quant à elle, parvenait à se comporter comme toujours avec les camarades, à participer, apparemment du moins, à leurs enfantillages ; Antero ne la comprenait pas, il l'accusait en son for intérieur de légèreté, et cela ne faisait qu'augmenter sa peine. Il ne vivait ces heures que par intermittence ; il ne parvenait à faire régner un peu de calme en lui-même que dans les moments où, au prix d'un gros effort, il se réfugiait dans le cours ; alors il s'acharnait à comprendre vite, à devancer les autres, à regagner ce qu'il avait manqué ; il était de nouveau le plus brillant élève de la classe, ses versions grecques et latines étaient les plus précises, les plus fluides. « L'ancre de salut de la classe », avait coutume de l'appeler le professeur de latin ; mais il ne savait pas que cette ancre était bien mal fixée au fond, et qu'il suffisait parfois d'un simple « mademoiselle Marty » résonnant dans la salle pour qu'Antero ne comprenne plus rien. Et même quand il comprenait bien, seule la partie la plus froide, la plus superficielle de son cerveau était présente. Mais la chance continuait de le protéger.

Et elle continua de le protéger même lorsque le danger d'être pris en flagrant délit d'impréparation et de distraction devint très grave et permanent. Cela arriva quand, lors d'un échange de classes, la terminale dut s'installer dans une salle plus petite au rez-de-chaussée. Ce changement fit que Marty vint s'asseoir juste derrière lui.

À présent il sentait sa respiration sur son cou ; quand elle se penchait, ses cheveux effleuraient les siens ; la main ou le bras de la jeune fille s'appuyait parfois contre son dos à lui. Et puis il y avait les mots doux susurrés à l'oreille, auxquels il répondait par de petits billets. Elle répondait par d'autres petits billets, qu'elle mettait dans ses cheveux, derrière son oreille ou dans le col de sa veste, ou même qu'elle lui jetait, avec une terrible audace, sur son cahier ou sur son livre ouvert. Merveilleuse correspondance faite de petits riens, et riche de significations, d'émotions et d'échos. Et tout cela, il fallait le cacher, faire en sorte que nul ne s'en aperçoive, que Teuer si proche ne conçoive aucun soupçon. Toute l'attention d'Antero s'épuisait dans cet effort. Il enviait Edda qui, elle, pouvait faire les deux choses à la fois, et était toujours prête à répondre quand elle était interrogée. Antero au contraire sentait le cours se dissiper devant ses yeux comme une brume. Des ennuis en perspective si on l'avait interrogé : il aurait été capable de répondre en grec pendant le cours de latin, de parler d'histoire en cours de philosophie. Plusieurs fois il se trouva au bord d'un tel précipice. Surpris à l'improviste par un « Écoutons donc Antero », il se levait sans avoir la moindre idée de l'endroit où il se trouvait. Mais ensuite, grâce à l'habitude, ou grâce au courage du désespéré – et surtout par chance – il s'orientait d'un seul coup tel un pigeon voyageur, et fonçait. Après avoir donné une réponse, il ne savait ni comment il avait répondu, ni ce qu'il avait dit. Cependant, son air préoccupé ne pouvait passer inaperçu, en particulier aux yeux de certains enseignants ; mais ils pensaient que c'était dû à un excès de travail. « Ne vous épuisez pas, Antero », lui recommandaient-ils sur un ton paternel.

Edda Marty marchait dans le monde, légère. En dehors de quelques moments, très rares, où le désir devenait pour elle aussi une souffrance, le fait de se savoir aimée par Antero lui donnait une claire assurance ; parmi ses camarades au lycée, parmi les hommes dans la vie de tous les jours, elle se mouvait avec plus d'agilité qu'avant ; au lieu de perdre, comme Antero, la vision de tout le reste, sa vue avait acquis une plus grande acuité ; tout lui semblait plus facile ; elle avait l'impression de pouvoir être plus généreuse avec tout le monde. Elle avait entrepris de remettre Mitis sur le droit chemin ; elle s'était rendu compte que ce jeune homme était en train de se perdre, et qu'elle avait eu tort auparavant d'aller dans son sens. À présent, elle le reprenait quand il tenait des propos indécents, elle interrompait ses blagues grossières ; elle avait réussi à le faire s'exprimer sérieusement. Il finit par révéler sa véritable âme, bien différente de son masque cynique, lors de confessions sincères et émues. Un jour, Edda lui demanda pourquoi il avait quitté sa petite amie, qui continuait à bien l'aimer et à lui écrire avec une humilité et une bonté passionnées.

— Parce que j'en aime une autre, lui répondit Mitis.

— Qui donc aimes-tu ? – Edda Marty comprit aussitôt le danger de cette question qui lui avait échappé. Elle en fut déconcertée.

— C'est toi que j'aime, stridula la voix de Mitis ; son visage était devenu d'un blanc verdâtre. Edda Marty se reprit rapidement.

— Tu ne dois pas m'aimer ; parce que moi je ne peux pas t'aimer en retour. Tu dois la retrouver, elle. Donne-moi ta main et promets-le-moi.

Mitis baissa la tête. Il ne sut jamais ce qui s'était passé à ce moment dans son cœur. Un tourbillon qui déracine une plante : il considéra que quelque chose en lui avait subi cela, que ses racines étaient à nu, et qu'il gisait à terre.

— Non – dit-il simplement, avec un accent nouveau, un accent qu'il avait pour la première fois de sa vie, comme cela arrive quand, ayant survécu à un péril mortel, on est devenu en un bref laps de temps un autre homme –, je ne retournerai pas auprès d'elle, mais je vais lui écrire, je lui demanderai pardon, je l'apaiserai. Et merci à toi – il prit sa main et la lui serra –, merci, tu m'as parlé avec franchise.

Ils étaient sortis du lycée, et marchaient ensemble ; il rentra chez lui. Il n'avait pas envie de manger ; il s'enferma dans sa chambre. Il eut une crise de larmes qui dura deux heures ; puis il y vit plus clair. Sa décision était prise : étudier et agir. Il était fait pour l'action politique, il donnerait à Trieste l'audacieuse vision et l'énergie efficace qui lui manquaient. Et il se mit tout de suite au travail. Ce fut une semaine fébrile d'étude, en plus de l'école et des devoirs à faire – mais ces derniers étaient désormais une sorte d'obligation secondaire, une simple nécessité pratique ; l'école était maintenant dépassée – à la bibliothèque il lisait des ouvrages historiques, des écrits politiques, tous les articles de journaux et de revues qui parlaient de l'Istrie, de Trieste, du problème adriatique, de l'irrédentisme ; à la maison il se remettait à la lecture de Tacite, de Dante, de Machiavel.

C'était un samedi soir et il était justement à son bureau, plongé dans un chapitre du *Prince*, quand il tressaillit ; levant la tête, il vit devant lui Momi ; il ne l'avait pas entendu entrer ; Momi avait un air si tragique qu'il eut peur.

— Que s'est-il passé ? s'écria-t-il.

— Il s'est tué, balbutia Momi.

— Qui donc, qui s'est tué ? – Il le savait déjà avec certitude, il l'avait lu sur la figure muette de Momi. Pasini, seul Pasini avait pu se tuer ; mais il posait la question comme un désespéré qui cherche la dernière planche de salut.

— Pasini s'est tiré un coup de revolver dans le cœur.

— Il est mort ?

— Il est à l'hôpital.

Mitis ne fut pas en paix jusqu'à ce qu'il soit au chevet de son ami.

— Aldo s'est tiré une balle dans le cœur hier soir. Il a repris connaissance ce matin. Très agité, il voulait se lever de son lit pour tenter qui sait quelle nouvelle folie.

Il a prononcé plusieurs fois votre nom. Il faut que vous y alliez. Il y va de sa vie. Vous seule pouvez l'encourager à vivre. Et s'il retrouve la volonté de vivre, les médecins espèrent le sauver...

Edda, impassible en apparence, écoutait la sœur de Pasini ; mais à l'intérieur d'elle-même descendait un voile : les choses qui d'abord lui étaient apparues si précises, à présent perdaient leurs contours, se brouillaient. Elle s'habilla, la suivit machinalement. Pendant tout le trajet, telle une ritournelle obsédante, lui revenaient en mémoire les paroles de Hedwig mourante : « Ne te fie pas aux hommes s'ils ne t'ont pas donné d'abord de grandes assurances » ; mais revenaient aussi, se heurtant à ces mots, d'autres mots prononcés par la même Hedwig : « Si tu cèdes aux hommes, ils t'enlèveront ta liberté. » Edda ne comprenait pas, elle était comme submergée par la stupeur. Pendant un moment, une décision claire lui traversa l'esprit : « je n'y vais pas » ; et, de fait, elle s'arrêta. Mais la sœur de Pasini la regarda avec un air de désespoir suppliant. Elle poursuivit son chemin.

Les couloirs blancs, interminables, de l'hôpital lui firent l'effet de ceux d'un couvent où, récalcitrante, en proie à une douloureuse nostalgie de la vie, elle serait poussée par une main inexorable.

Pasini était étendu sur son lit, il portait sur son visage les signes de la mort. Ses cheveux noirs sur l'oreiller semblaient un voile de deuil crêpelé entourant la figure d'un mort. Comme elles s'approchaient du lit, il ouvrit les yeux. À la vue d'Edda Marty, ils étincelèrent. Edda sentit qu'ils lui disaient : « Si tu es venue, alors je vais vivre. » Elle s'était approchée du lit. Le visage de Pasini trembla ; il semblait attendre anxieusement quelque chose qui puisse lui enlever cette souffrance si aiguë. Elle se pencha sur son front et y posa ses lèvres. « Si tu cèdes aux hommes, ils t'enlèveront ta liberté », lui disait à cet instant la voix de Hedwig. Le visage de Pasini se détendit comme si une douce quiétude l'avait envahi. Dès qu'elle fut sortie de la chambre, la sœur de Pasini se jeta à son cou. En sanglotant, elle la remerciait et lui disait qu'elle était une sainte créature.

« Pourquoi me suis-je penchée vers lui ? Ma présence n'était-elle pas suffisante ? » Cette question, Edda Marty se la répéta pendant tout le le long du chemin de retour. Et quand elle fut dans son jardin, elle s'effondra sur le siège sous la pergola, près du muret. Alì avait posé sa tête sur ses genoux, les yeux implorants et la queue frétillante, mais elle ne lui répondait même pas d'une caresse. La journée était étouffante et au-dessus des collines du Carso se rassemblaient de gros nuages.

« Antero viendra après le déjeuner », se dit-elle machinalement. Mais derrière ce nom se présenta à elle, soudain, la figure du jeune homme. Antero. Elle voulait dissiper une brume qui se trouvait devant ses yeux et voilait le visage du garçon. Mais elle en était incapable ; au contraire, cette brume s'épaississait et prenait la forme d'une tête pâle avec une longue chevelure noire, la tête de Pasini. Et puis deux yeux s'allumaient dans cette tête, et en dessous se formait un corps ; et ce corps, surmonté de cette tête, marchait à ses côtés. Le soleil était couché, il n'y avait personne sur le môle et ils marchaient en regardant Vénus qui brillait dans le ciel verdâtre. Exactement comme ils l'avaient fait la veille. Et Pasini lui tenait à nouveau le même discours : « Tu vois, Marty, je suis amoureux de cette étoile, mais cette étoile est froide et ne veut pas de moi ; et moi je suis seul au monde ; maman, qui m'aimait, est morte, la vie n'a plus aucun but. » Et elle ne répondait rien, elle regardait Vénus et souriait, mais elle était prise d'une forte envie, exactement comme la veille, de lui caresser les cheveux. Mais il s'arrêtait, sa pâleur devenait mortelle et (cela, c'était nouveau, cela ne s'était pas produit la veille car ils s'étaient quittés en toute amitié) il criait : « Non, ça ne me suffit pas. Je veux que tu m'embrasses. » Alors, elle s'échappait, courait en direction de la mer, poursuivie par cette tête pâle à la tignasse noire et aux yeux ardents, désormais sans corps en dessous. « Antero, Antero, sauve-moi », voulait-elle crier, mais elle ne pouvait pas ; et elle le voyait maintenant devant elle, Antero, de toute sa haute stature, sévère, sombre, qui en reculant s'éloignait d'elle de plus en plus, alors qu'elle essayait de se jeter dans ses bras. « Je ne l'ai pas embrassé, je ne l'ai pas embrassé ! » voulait-elle lui dire, mais aucun son ne pouvait sortir de sa gorge.

Un craquement provenant d'en haut la fit sursauter et l'arracha à cette hallucination. Elle était presque dans le noir. Le ciel assombri fut parcouru par un premier roulement de tonnerre. Un autre, un troisième, et la pluie se mit à tomber à verse, battue et retournée par le vent. Alì remuait la queue et semblait attendre que sa maîtresse donne le signal de se lever ; mais Edda Marty, avec les vêtements qu'elle portait, le chapeau encore sur la tête, immobile, respirait ce vent et cette fraîcheur humide, et ne semblait pas avoir conscience de l'eau qui lui frappait la figure, descendait le long de ses cheveux, de son cou, entrait dans l'échancrure de sa robe et sillonnait ses bras, ses mains.

« C'est fait ; désormais le pas est franchi, pensait-elle maintenant avec lucidité, il faut aller de l'avant. Il faut le sauver, ce garçon. Hedwig disait que de tous mes camarades qu'elle avait connus, le plus sympathique était Pasini. "Ce garçon est plein de bonté", observa-t-elle la dernière fois qu'elle le vit, "et malheureux : c'est un romantique dans l'âme." »

« Et Antero ? Oh, comme c'est douloureux de devoir renoncer au bonheur ! Mais la vie n'est que sacrifice. À partir d'aujourd'hui commence mon sacrifice. »

Elle frissonna, car elle était complètement trempée.

— Pauvre Alì ! toi aussi tu sais te sacrifier par amour pour ta maîtresse.

Elle le caressa et se leva ; Alì recommençait à lui faire la fête, ne comprenant pas pourquoi il avait fallu toute cette eau avant que sa maîtresse se souvienne de lui.

Le ciel s'éclaircit rapidement, et Antero vint après le déjeuner.

— Peut-être qu'il n'y aura personne chez moi demain après le déjeuner, viens, ainsi l'avait-elle consolé la veille quand ils s'étaient quittés, plus tôt que d'habitude, car elle avait rendez-vous avec Pasini ; mais elle ne lui avait rien dit de ce rendez-vous, un peu parce que ça l'ennuyait de donner des explications et aussi parce qu'il lui semblait qu'il n'avait pas besoin de le savoir. Antero était venu dans l'espoir d'un après-midi à passer seuls tous les deux, tranquillement. Et, de fait, la mère de la jeune fille était sortie. Ils étaient seuls. Ils descendirent jusqu'au banc. Edda tremblait.

— Qu'est-ce que tu as ? Tu as froid ? lui demanda-t-il.

— Non, arrête ; pas aujourd'hui, le supplia-t-elle, le visage livide, en se libérant du bras dont il lui avait entouré la taille, afin de la serrer tout contre lui.

Le bras d'Antero retomba, inerte ; il baissa la tête, se raidit. Il était profondément orgueilleux. Par orgueil il la vouvoyait au lycée, par orgueil il ne lui reprochait jamais la légèreté – qui lui déplaisait tant – avec laquelle elle se laissait embobiner par les camarades et supportait leurs bêtises, leurs plaisanteries ; par orgueil il ne lui demandait jamais de comptes sur ses journées ; il n'exigeait jamais d'explications concernant les empêchements qu'elle alléguait pour écourter une promenade ou remettre un rendez-vous. Mais à présent son orgueil venait dresser entre eux une barrière insurmontable, juste quand aurait été nécessaire une compréhension calme, rassérénée par une amitié limpide, grâce à laquelle ils auraient pu se regarder dans les yeux sans trouble, et s'expliquer, se soutenir, porter ensemble remède à la situation.

Elle le repoussait car elle avait l'intention de tout lui raconter quand elle aurait la tête froide, sachant que dans l'abîme des baisers elle ne s'y retrouverait plus ; et puis elle devait le faire par honnêteté, parce que désormais elle appartenait à l'autre garçon. Oui, tels étaient les mots calmes qu'elle avait préparés pour lui dire : « Pasini a tenté de se suicider à cause de moi, et moi j'ai voulu, j'ai dû, le sauver. Je ne peux plus être avec toi comme avant. Nous resterons amis. Cependant je te le jure : il n'y a que toi que j'aie aimé et que j'aime. » Mais quand elle le sentit se figer ainsi, elle ne sut plus par où commencer ; elle aussi avait sa fierté, qui ne lui permettait pas de défendre sa sincérité face à quelqu'un qui en doutait secrètement. Et Antero doutait d'elle, il doutait de son amour ; si seulement il avait au moins exprimé sa pensée ! elle aurait trouvé les raisons les plus convaincantes pour le persuader du contraire, et toutes les difficultés auraient été aplanies.

Au contraire, Antero, après être resté sévère et muet pendant un moment, se leva et, lui tendant la main :

— Adieu, lui dit-il.

Prononcer cet « adieu » sans rancœur lui avait beaucoup coûté.

— Tu t'en vas ? Pourquoi, Giorgio ? Tu n'étais pas venu pour passer du temps avec moi ?

Ils auraient encore pu échapper au pire. Pour toutes les réponses qu'il aurait pu donner : parce que tu ne m'aimes pas ; parce que tu n'es plus comme avant ; parce que je ne peux pas rester près de toi si je ne peux pas t'embrasser – elle aurait trouvé moyen de le reprendre, de le retenir par cette main qu'il lui tendait, de le faire se rasseoir à côté d'elle. Il eut un moment d'hésitation et peut-être l'une de ces réponses allait-elle sortir de sa bouche ; mais il secoua la tête et dit :

— Je m'en vais parce qu'il faut que j'aille étudier.

Edda se sentit comme aveuglée par ce mensonge, qui était pour elle comme un coup de fouet. Elle le laissa retirer sa main. Elle se leva au prix d'un grand effort et, regardant par terre comme si c'était le vide sur lequel il fallait marcher, elle le suivit. Pourquoi avait-il eu recours à cette réponse-là ? Pourquoi ce mensonge absurde ? Pourquoi mettre dans quelques mots autant de force malfaisante, pourquoi cette froideur calculée ?

Quand ils furent dans le petit couloir sombre qui avait si souvent été une halte pour leur passion, et où depuis longtemps ils ne passaient plus sans s'embrasser, Antero perdit contenance, se retourna et la serra furieusement contre sa poitrine. Elle ne sut lui résister, cette deuxième fois, se laissa embrasser et lui rendit un baiser qui leur parut à tous deux une éternité d'amertume, dont il fallait jouir comme d'un paradis destiné à être perdu pour toujours.

Le lundi, une atmosphère de sombre embarras pesait sur la classe. La nouvelle de la tentative de suicide de Pasini s'était déjà répandue parmi les premiers arrivés. Les yeux de tous ceux qui entraient dans la salle étaient attirés par les places vides de Pasini et de Marty ; surtout la place de Marty, car on savait bien que Pasini n'allait pas venir, mais pour ce qui concernait Marty, on avait encore des doutes. Pourquoi associer les deux ? Naturellement on cherchait les raisons de ce suicide ; certains disaient que Pasini avait voulu mourir tant il souffrait de la perte récente de sa mère ; c'était une rumeur acceptable que Mitis essayait de confirmer et de répandre. Mais sur le banc derrière Mitis il y avait Saletti, qui n'avait pas l'air d'y croire, et parlait non sans vulgarité avec ses voisins de l'impardonnable légèreté avec laquelle certains « hommes » prennent la vie, tant et si bien que sa voix désagréable s'entendait dans toute la salle.

— Bon, affirma-t-il à un moment donné, tout ça c'est des histoires ; si c'était à cause de sa mère, il se serait tué tout de suite, quand elle est morte. Non, Pasini était un exalté, moi je l'ai toujours dit, et il a fait la bêtise de...

Il ne put terminer, car arriva sur sa joue une terrible gifle dont le retentissement fit taire tout le monde. Mitis, qui s'était retourné, la main prête à frapper encore, avait un regard torve et les yeux injectés de sang. Mais Saletti ne réagit pas.

Un voile plus sombre encore descendit sur tous les esprits. La classe, si insouciante d'ordinaire, paraissait transformée. Plus d'un comprit ce jour-là que la vie possède une gravité tragique, et que les bancs d'école n'étaient qu'un jouet face à cela. Les professeurs se retrouvèrent pendant un certain temps devant une classe distraite, qui n'offrait aucune prise ; ils s'impatientèrent et en attribuèrent la faute à de tout autres raisons.

Ils avaient hoché la tête en apprenant la tentative de suicide de Pasini : mais pour eux Pasini avait toujours été un élève sans consistance, inquiet, nerveux ; ils n'allaient pas chercher plus loin, puisque ses « qualités négatives » pouvaient plus que largement expliquer son « acte inconsidéré ».

Antero fut parmi ceux qui n'apprirent le tragique événement qu'une fois entrés dans la salle de classe. Il avait passé une nuit épouvantable. Après s'être enfui de la maison d'Edda, il avait erré dans la ville, sans savoir où, jusqu'à l'heure du dîner, mû par un tumulte intérieur qu'il ne parvenait pas à apaiser. Edda ne l'aimait pas, ne l'avait jamais aimé, elle se laissait embrasser par caprice, certainement comme elle se laissait embrasser par de nombreux autres, avec lui elle faisait semblant, avec tout le monde, elle déployait tout son art pour les attirer et les tourmenter, et tout ce qui lui plaisait, c'était de changer, de passer des bras de l'un aux bras de l'autre. Voilà pourquoi elle continuait à se laisser entourer par les condisciples ; voilà pourquoi tel ou tel jour « elle ne pouvait pas » : elle avait plusieurs rendez-vous ; voilà pourquoi elle se laissait raccompagner par Mitis après les cours, complotait avec Pasini, interpellait Marzi et faisait des sourires à Saletti. Et lui, lui qui avait été si méfiant d'emblée, il s'était laissé attraper ; il était tombé dans le piège encore plus bêtement que tous les autres ; il lui avait sacrifié sa dignité ; qui sait à quel point les autres se moquaient de lui, derrière son dos – et elle avec eux ; et lui qui croyait être supérieur à tous, qui croyait s'être élevé au-dessus d'eux, s'être moralement distingué d'eux, eh bien il était en fait le plus stupide et le plus médiocre de tous, aux yeux d'Edda.

De retour à la maison, il avait avalé les bouchées du dîner mêlées à l'amertume des larmes qu'il retenait. Puis, dans sa chambre, il s'était jeté tout habillé sur son lit et avait sangloté désespérément, la tête enfouie dans l'oreiller, qu'il mordait de nervosité et de rage. Se libérer, se libérer d'elle et de cette passion. Mais comment, comment, puisqu'il était contraint de la voir chaque jour, d'entendre sa respiration derrière lui ? Puisque ses yeux étaient toujours vainqueurs, et ses lèvres si désirables ? Non, sa volonté ne résisterait pas à cette longue et incessante lutte ; alors, il fallait en arriver à vouloir le seul acte qui puisse mettre fin à toute chose. Il avait déjà pressenti la triste et douce mort, depuis que l'amour d'Edda était entré dans son cœur. Il devait se tuer.

C'est ainsi qu'il avait passé la nuit, en proie à mille fantasmes de mort ; et il apprenait maintenant que, pendant qu'il ne faisait qu'imaginer la mort, d'autres l'avaient vraiment cherchée, et peut-être trouvée. Un sombre égoïsme verrouilla son esprit. Pasini, son ami, l'avait devancé. S'il mourait, il mettrait entre lui-même, Antero, et Edda, l'épineuse haie du remords ; s'il guérissait, elle serait à lui. Désormais les autres ne comptaient plus guère ; ce pâle jeune homme dans les bras de la mort était irrésistible. Si Edda n'était pas venue au lycée, c'était pour être à son chevet. Une jalousie presque féroce s'était emparée de l'esprit bienveillant d'Antero. Les vers de l'*Antigone* que le professeur de grec lui fit lire à un moment donné, lui apparaissaient comme ensanglantés, des étincelles dans un épais brouillard. Il aurait voulu s'interrompre et mettre fin à cette peine en disant au professeur : « Je me sens mal ! », et c'était vrai d'ailleurs qu'il se sentait mal, mais son orgueil, toujours aux aguets, ne le lui permettait pas. « Dieu, sauve-moi », implora-t-il alors puérilement en lui-même quand, ayant fini de lire les vers, il dut les traduire. Et après s'être débattu, désespéré, tel un naufragé, il traduisit clairement, avec une douceur affligée, le passage où Antigone, marchant vers la mort, s'adresse à ses concitoyens : « ... Regardez, ô citoyens de ma patrie, moi qui m'avance sur mon dernier chemin, moi qui admire la lumière du soleil pour la dernière fois et qui plus jamais ne l'admirerai. » Il se sentit redevenir un enfant, à l'école primaire, quand, après un dimanche tout entier consacré aux jeux, s'apercevant tard le soir qu'il n'avait rien fait pour l'école et qu'il ne pouvait plus y remédier, il s'endormait en faisant cette prière : « Mon Dieu, fais que demain personne ne m'interroge, et je te promets de te réciter demain soir vingt *Pater noster.* » Il éprouva un sentiment de paix.

Après les cours, il ne rentra pas tout de suite chez lui mais, ses livres sous le bras, se dirigea vers les môles. Dans le soleil déjà brûlant de mai et dans la réverbération intense de la mer, après sa nuit d'insomnie, il avançait en proie à une grande fatigue, le sang lourd et le cerveau hébété. Des idées confuses lui traversaient l'esprit. Il n'irait pas voir Pasini, il s'en sentait incapable ; peut-être pourrait-il tout apprendre par Mitis ; mais Mitis était méfiant à son égard ; il valait mieux aller trouver Momi, mais Momi ne parlait pas. Il décida de se rendre chez Mitis après le repas. Et s'il montait plutôt chez elle tout de suite ? Il fallait bien qu'ils aient une explication. Non, pas chez elle, pas encore. Son regard le troublerait et, comme d'habitude, il ne verrait que sa bouche, et tout se terminerait par un long et amer baiser, comme la veille.

Mais, hier, pourquoi ne lui avait-elle rien dit ? Comme elle était fausse ! Si seulement il pouvait se libérer d'elle ! Oui, s'éloigner d'elle, s'éloigner de tous, ne plus entendre parler de Pasini ni de quiconque. Mais il y avait l'école, ce tourment, sans cesse renouvelé, qui le contraignait à côtoyer Edda et les autres, l'esprit toujours tendu et le cœur déchiré. Comment abandonner l'école ? Le « devoir » que toute l'éducation reçue, ainsi que la vie exemplaire de sa mère, avaient profondément enraciné en lui, il ne pouvait l'extirper, sauf à tuer tout le reste. Il en serait brisé, mais le chemin que lui montrait le devoir, il fallait qu'il le parcoure.

Face à cet insurmontable obstacle, il éprouva un tel découragement que, si l'intensité suprême du désir avait suffi pour qu'il obtienne la chose désirée, il se serait effondré sous le poids de la mort, là, devant cette mer éblouissante.

Et s'il avouait tout à sa mère ? Elle était sévère ; mais sa bonté, comme celle de l'ange gardien, était vigilante et sans limites. Se laisser aller dans ses bras, comme il l'avait fait tant de fois lorsqu'il était enfant, et chercher là le salut ! Serait-ce une preuve de faiblesse ? Mais il ne pouvait pas continuer à souffrir ainsi, sans libération.

Tel un malade gravement atteint, il s'attacha à cette unique espérance de remède, et rentra chez lui plus léger.

Jamais Edda n'avait ressenti sa faiblesse de femme avec autant d'affliction que dans les heures qui suivirent le départ précipité d'Antero. Elle était seule dans toute la maison, dans tout son jardin qui lui paraissait un immense bois inextricable. Les autres fois, et cela arrivait souvent, elle n'avait même pas conscience d'être seule ; au contraire, elle se sentait bien, là, toute seule, à pouvoir donner libre cours à son imagination. Alì, l'inséparable ami qui remuait la queue à ses côtés, était devenu un étranger pour elle, il lui inspirait de la peur, presque du dégoût. Après avoir refermé la porte de la maison, elle était retournée à son banc, mais ne put y rester ; elle monta dans sa chambre et le chien, laissé dehors à la porte, jappait. Elle s'était jetée par terre, à plat ventre, comme elle avait coutume de le faire dans les moments de grande angoisse ou de très grande joie. L'esprit troublé, elle balbutiait des mots allemands, bribes d'une berceuse que lui chantait son père quand elle était dans son petit lit d'enfant. Elle était incapable de penser à quoi que ce soit de concret.

— Venez, venez me chercher, murmurait-elle, je suis une pauvre petite fille qui a peur.

Elle tendait l'oreille et il lui semblait vraiment entendre quelqu'un monter les escaliers.

— Pourquoi tu ne reviens pas, Giorgio ? Tu me prendras dans tes bras et tu m'emmèneras sous la pluie dans cette guérite, au sommet de la colline, et de là tu m'emmèneras où tu voudras ; je ne te dirai pas non.

Et bien d'autres phrases décousues, à peine audibles, sortaient de ses lèvres ; jusqu'à ce qu'elle s'endorme, la tête abandonnée dans le creux des bras, tandis qu'à l'extérieur le jour s'éteignait, pourpre et or. Elle se réveilla dans le noir et se releva en frissonnant, oppressée par une grande tristesse. Demain matin elle irait au lycée ; elle était vaincue par sa faiblesse ; mais elle ne pouvait pas, elle ne pouvait pas perdre Antero ainsi.

Le lendemain à sept heures arriva, hors d'haleine, la sœur de Pasini, pour la supplier en sanglotant de se rendre à l'hôpital. Aldo avait passé une nuit tranquille ; mais dès que la lumière était entrée dans la chambre, il avait commencé à tourner les yeux vers la porte, et la longue et vaine attente avait rendu sa respiration haletante ; depuis deux heures sa fièvre avait monté et il était agité.

— Je n'irai pas, dit calmement Edda.

La sœur de Pasini se raidit et, le visage comme pétrifié, elle fit un terrible effort pour remuer les lèvres ; mais ensuite les mots, une fois qu'ils eurent trouvé leur chemin, sortirent comme un épanchement longtemps réprimé :

— Vous ne voulez pas venir ? Mais ne savez-vous pas que vous êtes la cause de tout ? Que vous êtes celle qui le fait mourir ? Que vous êtes une femme maudite ? Oui, maudite, et maudit soit le jour où vous êtes entrée dans la classe de mon frère. Méchante, oui, méchante ; que peut-on attendre d'une créature qui n'a aucune retenue, qui plaisante même avec la mort de sa sœur ? Lâche, sale lâche.

La douce sœur de Pasini était méconnaissable, ses yeux roulaient dans leurs orbites, elle était sur le point de se jeter sur Edda. Celle-ci, qui était restée calme et légèrement souriante durant toute cette effrayante sortie, et qui avait même senti son âme comme lavée par le violent jaillissement de ces injures, l'arrêta.

— Je viens. Calmez-vous. Je suis prête dans un instant.

La sœur de Pasini se laissa tomber sur une chaise ; elle murmurait, comme hébétée :

— Pardonnez-moi… Tout cela n'est pas vrai… Je me suis laissé emporter…

Elles firent le trajet ensemble, comme la veille, sans échanger deux mots. Pasini était dans son lit, presque sans connaissance ; Edda l'embrassa sur le front et il la remercia d'un pauvre sourire. Elle resta plus longtemps à son chevet, tenant sa main entre les siennes. Elle ne pensait à rien, sentait juste qu'une mère aurait pu assister ainsi son fils, et que Pasini n'avait pas de maman.

La pensée qui était brusquement venue éclairer son âme, une demi-heure plus tôt, quand elle avait résolument changé d'avis, avait été précisément celle-ci : « Je vais jouer le rôle d'une mère auprès de Pasini. » Cette pensée lui était venue spontanément, s'opposant aux propos injurieux que déversait sur elle cette pauvre femme égarée par la colère. Si Pasini avait eu une mère, cette dernière, à la place de la sœur, n'aurait pas parlé ainsi. À présent, en rentrant de l'hôpital, elle se sentait plus tranquille. Elle pouvait même attendre le lendemain pour revoir Antero et tout lui expliquer calmement. Plus besoin de troubles renoncements ; ils pouvaient continuer à s'aimer : elle avait pour Pasini l'amour d'une mère.

Quelle matinée, ce mardi-là ! L'orage nocturne avait ravivé l'air et le ciel. Lumière et fraîcheur étaient comme mélangées par une saine odeur de bois que le vent de la montagne répandait sur la ville. Edda descendait sa rue, presque hilare, ses livres sous le bras. Elle n'était pas du tout préoccupée par la pensée qu'elle allait devoir subir la curiosité étonnée de ses condisciples. Au contraire, elle était réjouie par l'image d'Antero, elle voyait ses épaules et sa nuque, derrière lesquelles elle se cacherait ; le professeur de latin pouvait bien poursuivre son « Horace », elle introduirait délicatement entre le col et le cou d'Antero un petit billet, avec ces simples mots sibyllins : « Fais attention, Antero ! » Qui sait comment il allait plisser le front en lisant le billet, et comme il allait gamberger ! Alors que c'était très facile à comprendre : « Fais attention, Antero ! Fais attention à ne pas me perdre ! Si tu m'aimes, n'exige l'impossible ni de moi ni de toi, aimons-nous simplement ! »

À son arrivée au lycée, au moment où elle entra dans la salle de classe déjà presque pleine, tous se turent ; ils ne s'y attendaient pas ; ils braquèrent tous sur elle des yeux étonnés, presque hostiles. Il y avait de la provocation dans bien des regards. Traverser la salle tête baissée, pour aller s'asseoir, embarrassée, à sa place au fond, cela aurait signifié : « excusez-moi, jugez-moi comme vous voulez, accablez-moi de votre ironie ». Edda le devina promptement ; pourtant elle s'arrêta sur le seuil, leva fièrement la tête et, comme si elle fauchait, balaya la salle du regard. Elle sortit vainqueur de l'épreuve, les têtes se baissèrent et elle passa en saluant à droite et à gauche, souriante. Avant d'arriver à sa place, elle fit une pause à hauteur du banc de Mitis pour lui demander ce qu'ils avaient traduit la veille en cours de latin, s'arrêta auprès de Saletti pour lui rendre un cahier qu'il lui avait prêté. Elle dominait, comme toujours. Les bavardages reprirent, jusqu'à ce que retentisse la sonnerie.

Antero était absent. Il n'était pas entré comme Edda, anxieuse, s'y attendait d'un moment à l'autre, il n'était pas allé s'asseoir devant elle, la cachant de ses épaules. Alors elle perdit d'un coup toute son assurance. Elle eut l'impression de sombrer dans le vide qui s'ouvrait devant elle. « Il ne viendra plus, se disait-elle, inconsolable, la tête baissée sur son livre, et moi je n'ai plus rien, je suis perdue. » Le sang lui montait à la tête, de rage et de douleur. Elle ne put se calmer que vers la fin de l'heure. Pendant la pause elle feignit une désinvolture et une gaieté débordantes, à tel point que Mitis secouait la tête et que Neranz avait les larmes aux yeux tant il se réjouissait de la voir ainsi. Pas un mot sur Antero, elle se gardait bien de demander de ses nouvelles, mais tendait l'oreille vers tous les groupes pour écouter s'ils parlaient de lui – mais rien.

Que s'était-il passé ? En sortant du lycée, elle fut tentée de monter jusque chez lui, mais elle n'y était jamais allée et éprouvait à l'égard de la maison d'Antero une sorte d'horreur sacrée. Elle était accompagnée par Mitis qui lui parlait de Pasini avec beaucoup d'émotion dans la voix ; mais elle n'écoutait pas, elle souffrait de ne pas trouver le moyen de savoir ce qui était arrivé à Antero. Plus elle y pensait, plus son cœur se serrait. Peut-être qu'Antero aussi avait voulu se tuer, peut-être qu'il se débattait en proie au désespoir. Auparavant, jamais l'idée ne lui avait traversé l'esprit que quelqu'un puisse se supprimer pour elle, mais depuis le geste de Pasini, c'était évident : elle portait malheur à ceux qui l'approchaient. Dimanche, en s'enfuyant de chez elle, Antero était peut-être allé au-devant de la mort. Ne pouvant plus supporter cette peine, elle interrogea brusquement Mitis, en lui coupant la parole :

— Mais hier Antero est venu au lycée ?

— Oui, répondit Mitis contrarié. Pourquoi ?

— Parce que aujourd'hui j'avais besoin de lui parler, dit Edda, se sentant déjà plus légère. « Je vais lui écrire, pensait-elle, de venir chez moi, s'il n'est pas malade. »

Sur son bureau, à la maison, elle trouva un billet de la mère d'Antero qui désirait lui parler le jour même. Le rouge lui monta au visage : elle s'attendait à tout sauf à cette demande, qui la troubla et la replongea dans un état d'obscurcissement et d'incertitude. Non seulement elle ne savait pas ce qui était arrivé à Antero, mais en plus elle devait se présenter, dans l'ignorance la plus totale, à sa mère, qui lui inspirait une inexplicable crainte. Elle qui, face à toutes les autres femmes, se sentait libre et dédaigneuse, car différente, elle était prise de tremblements à la seule idée de comparaître devant la mère d'Antero. Elle ne l'avait vue que quelques fois, mais son apparence et les mots pleins de vénération qu'employait Antero pour parler d'elle, avaient fait qu'elle lui apparaissait toujours comme une créature d'un autre ordre, presque inaccessible.

Elle ne vit rien de la pièce où on la fit entrer ; elle ne se soucia pas de regarder autour d'elle pour voir à quoi ressemblait la maison d'Antero, où elle venait pour la première fois : elle n'avait qu'un désir, en sortir au plus vite.

La mère d'Antero entra en silence. Il y avait quelque chose d'implacable dans son allure et sur son visage. Edda n'eut même pas le courage de murmurer une salutation. D'ailleurs, il n'était pas nécessaire qu'elles se saluent. Elle sentit d'emblée que la mère d'Antero était son ennemie. Elle baissa la tête un instant, comme vaincue par la beauté et la fierté des traits et de l'attitude de cette femme encore jeune, qu'elle voyait d'aussi près pour la première fois ; mais elle la releva aussitôt et fixa la femme, les yeux dans les yeux. Elle avait décoché un regard franc et froid, comme pour lui dire : « Je n'ai pas peur de toi », mais brusquement elle se radoucit et sembla implorer : « Sois gentille avec moi. »

La mère d'Antero commença à parler ; sa voix était ferme et sonore.

— Giorgio est parti, je l'ai accompagné moi-même, j'ai tout arrangé. Pour l'école, j'ai fait établir un certificat médical pour épuisement nerveux ; il reviendra quelques semaines avant les examens, s'il est guéri, dit-elle en appuyant sur ces derniers mots. Mais il le sera, ajouta-t-elle énergiquement. Et vous, vous, mettez-vous bien cela en tête, cessez dès aujourd'hui de le tourmenter.

Edda rougit fortement, sursauta et faillit s'écrier : « Gardez-le, votre fils chéri ! Qui va vous le prendre ? » mais elle se retint en tordant ses mains glacées et tremblantes.

— Vous l'avez suffisamment fait souffrir, et vous m'avez fait souffrir moi aussi à un point que vous ne pouvez même pas imaginer.

À ce moment, sa voix se brisa soudain, ses yeux brillèrent de larmes.

— Savez-vous que mes enfants sont toute ma vie ? Oh, plus que ma vie. Pour eux j'ai sacrifié non seulement ma jeunesse, mais aussi toutes les occasions de vivre dans le monde selon mes désirs et mes idées. Moi qui étais naturellement expansive et aimable, je suis devenue froide et méchante avec les hommes, pour défendre mes enfants, et je les ai défendus contre tous, y compris contre leur propre père. Mon Giorgio, je l'ai veillé jour et nuit pendant toutes ses maladies ; pendant les plus graves et les plus contagieuses, je n'ai jamais voulu que quelqu'un d'autre s'approche de lui. J'ai fait de lui une créature qui m'appartient, un être sensible et moral, pur et aux aspirations élevées. Mon seul désir est de le voir tout en haut, au-dessus des hommes, serein et dominant. Et vous... Oh non, laissez-le-moi – sa voix, brisée par des larmes retenues, se fit suppliante –, laissez-le-moi. Vous ne savez pas encore ce qu'est l'âme d'une mère, peut-être ne le connaîtrez-vous jamais. Vous avez tellement de soupirants autour de vous, vous pouvez choisir ; mais pas lui, non, lui il est à moi, il a encore besoin de moi. Hier il a même pleuré sur mon épaule comme un enfant.

Elle s'était approchée, avait pris une de ses mains entre les siennes ; elle l'embrassa sur le front, tandis que d'abondantes larmes coulaient sur ses joues.

— Promettez-moi que vous renoncerez à vous faire aimer de lui, que vous m'aiderez à ce qu'il vous oublie. Vous me le promettez ?

L'égoïsme de cette mère était atroce, insensée son exigence. Edda ne pouvait articuler un mot, elle se sentait accablée, comme perdue dans un monde irréel, elle ne comprenait même plus ce que lui disait son cœur. Elle aurait voulu disparaître ; et pour pouvoir se libérer de ce cauchemar, elle fit de la tête un signe d'acquiescement, dégagea sa main et s'enfuit.

Dehors, à l'air libre, elle faillit s'évanouir. Elle se reprit aussitôt et commença à raisonner calmement, comme un malade des nerfs qui, après un grave bouleversement où tout ne lui avait semblé que ruine tragique, retrouve parfois, soudain, une tranquille lucidité de l'esprit et de la pensée.

Ah, comme Antero lui paraissait à présent différent de l'Antero qu'elle connaissait ! Une tout autre vie, un tout autre monde l'entouraient, dans lesquels elle ne saurait ni ne pourrait avoir sa place. Avant, depuis la mort de sa sœur, elle avait laissé affleurer dans ses pensées et ses rêveries d'étranges et presque inconsistants désirs ; et plus d'une fois l'un de ces désirs l'avait fait doucement sursauter : celui de devenir la femme d'Antero. Elle l'avait toujours refoulé au fond d'elle-même, car elle savait bien que c'était pour elle une perspective stupide, étrangère à son caractère. Mais elle ne réalisait que maintenant le terrible danger que recélait ce désir. Oui, elle devait remercier cette rencontre avec la mère d'Antero, qui lui avait dessillé les yeux. Elle était sur le point de retomber, insensiblement mais inexorablement, dans cette vie bourgeoise d'où elle avait eu tant de mal à s'échapper, cette vie confinée et aride qu'elle haïssait. Peut-être qu'une heure avant, si Antero était venu chez elle et lui avait résolument fait cette proposition : « marions-nous », elle aurait dit oui. Le réveil eût été terrible : se retrouver faible, odieuse à elle-même, à jamais naufragée. Comment avait-elle pu arriver au bord d'un tel abîme ? Comment avait-elle pu perdre de vue le but de sa vie ? Il n'était pas encore très précis, le but de sa vie, mais elle devinait que, tout indéterminé qu'il fût, il avait beaucoup plus de valeur que toutes les haltes qui pouvaient pour le moment l'attirer, bien clôturées et reposantes. Non, il fallait aller de l'avant, continuer. Elle avait surmonté les obstacles qui l'empêchaient d'aspirer à la liberté, elle s'était engagée sur le chemin qui y conduit – d'ailleurs, pourquoi avait-elle aspiré et réussi à entrer au lycée ? pourquoi étudiait-elle et allait-elle continuer d'étudier à l'université ? Les études étaient le prix de sa liberté, la science qui l'attirait était un champ de rapports libres avec les hommes ; elle ne voulait pas être dominée, elle ne voulait répondre qu'à elle-même de sa propre vie. Mais voilà qu'à peine arrivée au début de l'épreuve, elle s'était laissé distraire par cette nouvelle compagnie, elle s'était comme enivrée au milieu de tous ces jeunes gens, elle avait cédé aux sentiments les plus communs et les plus romantiques, ceux-là mêmes éprouvés par les femmes qu'elle détestait. L'amour ne devait pas être pour elle un esclavage ; pas plus qu'elle ne devait aspirer à être la conquérante, la femme fatale, qui au fond est tout aussi faible et servile, ayant seulement les apparences de la force et du pouvoir ; il lui suffisait de ne jamais perdre la maîtrise d'elle-même et de pouvoir se désengager quand elle le voulait des filets de l'amour. Pas y renoncer, non – elle savait parfaitement que le renoncement serait un mensonge, car elle avait besoin d'aimer comme de se reposer à l'ombre après avoir longuement marché au soleil.

Et Edda Marty comprit alors bien d'autres vérités encore, à l'âge de dix-neuf ans, au cours de cette crise qui éclairait intensément son âme tout entière, si bien qu'elle voyait distinctement, comme jamais auparavant et comme jamais après, jusqu'au fond de sa vie.

Pasini guérissait avec la rapidité que mettent les arbres à faire renaître leurs verts feuillages lors d'un printemps chaud et précoce. L'effet qu'exerçait sur son esprit et sur sa santé la présence quotidienne, fût-ce pour quelques minutes seulement, de Marty, était miraculeux. Après quinze jours d'hospitalisation il était rentré chez lui, pâle, amaigri, sa figure tout en pommettes, yeux et bouche, sous sa tignasse noire ; pour se tenir sur ses jambes il avait besoin d'une canne ; il restait de longues heures extatique, assis près de la fenêtre qui lui offrait, au-delà des tuiles de la maison d'en face, la vue d'une bande de colline verte et d'un pan de ciel : c'était suffisant pour ses calmes rêveries ; l'air qui entrait l'enveloppait d'une tiède caresse parfumée. Il avait alors une sensibilité très aiguë à l'air de l'extérieur, qui soulageait sa poitrine comme le faisait le contact avec la main d'Edda. Celle-ci lui cédait sa main, quand il la priait de s'asseoir à côté de lui, près de la fenêtre, et il tenait tendrement dans les siennes cette main dont il sentait le sang échauffer le sien, pauvre et faible. Si Edda, en plus de lui donner sa main, avait posé, comme les premières fois, ses lèvres sur son front, il aurait passé sa convalescence comme au paradis. Mais même ainsi il était si doux de vivre. Comment avait-il pu renoncer à la vie ? Il n'en avait jamais goûté vraiment la saveur, voilà ; à présent, aucun malheur qui lui arriverait, aucun moment de tristesse ou de désespoir, ne pourraient le pousser à essayer de s'ôter la vie.

Mais le désir d'embrasser la bouche d'Edda, quand en lui tenant la main il la regardait en face, longuement, de tout près, augmentait toujours plus. Et un jour finalement il l'attira à lui et l'embrassa sur les lèvres. Il en éprouva de la honte ; puis coulèrent sur ses joues de grosses et tranquilles larmes ; alors il parla – de son grand bonheur, qu'il ne méritait pas, de l'aveugle incompréhension dont il avait fait preuve ce soir-là sur le môle, de la grâce qu'avait voulu lui accorder Dieu en le sauvant.

— Edda, mon Edda – à la fin il éclata en sanglots et posa sa tête sur les genoux de la jeune fille.

Edda le caressait.

— Je t'aime bien, lui disait-elle. Ne t'en afflige pas, mais je ne peux rien te promettre, je ne dois pas te laisser dans l'illusion que je deviendrai un jour *tienne*, comme l'homme dit à la femme : *mienne*.

Pasini leva son visage d'une pâleur extrême et demanda d'une voix brisée :

— Mais alors tout n'était que faux-semblant ?

— Non, répliqua sèchement Edda ; elle aussi avait pâli et ses yeux lançaient des étincelles. Je t'aime bien, et toi, aime-moi ; mais je te demande juste de ne pas penser à moi comme à une fiancée, une épouse.

Pasini voulut lui demander d'autres explications, mais elle se leva, déposa un baiser sur ses cheveux et lui dit :

— Il n'y a rien à expliquer, c'est comme ça. Au revoir, à demain.

Et elle le laissa seul.

Quelle tristesse ! et dire qu'il n'avait plus les bandages autour de sa poitrine pour pouvoir les arracher et mourir en se vidant de son sang ! Mais cela c'était fini, désormais il fallait continuer à vivre à tout prix. Il sourit douloureusement au souvenir des pensées sur la douceur de la vie qui étaient venues le visiter chaque matin, près de cette fenêtre – et maintenant, si peu de temps après, il sentait que la vie était inévitablement amère ; comme toujours, comme toujours, sauf qu'entre naguère et maintenant il y avait un coup de pistolet, raté, dans le cœur.

Cette nuit-là, il fut inquiet, ne dormit pas, se répéta cent fois les mots d'Edda, mais sans en retirer le moindre sens ; il ne la comprenait pas, il ne l'avait jamais comprise, cette femme ; il la haïssait férocement à certains moments. Le lendemain matin il ne put se lever, la fièvre était revenue.

Mais il se reprit bien vite ; Edda venait ponctuellement tous les après-midi et se laissait embrasser ;

certains jours il la prenait sur ses genoux et l'embrassait frénétiquement, même si chaque fois, après son départ, sa blessure lui infligeait une vive souffrance.

Un mois passa. Il ne tenait pas encore bien sur ses jambes quand, un dimanche, il voulut sortir, accompagné de Mitis et de Momi qui se rendaient chez lui presque tous les soirs, lui manifestant une touchante amitié. Il leur adressait souvent ce reproche : « Pourquoi venez-vous ? Vous ne voyez pas que je ne peux pas répondre à votre affection avec la même ardeur ? Que je ne suis plus capable d'amitié ? Laissez-moi seul avec mon égoïsme et ma froideur ! » Mais Mitis, qui avait saisi la cause du changement de Pasini – l'expansion puérile des premiers jours, puis la mélancolique résignation –, lui répliquait âprement :

— Tais-toi, non seulement tu es un ingrat, mais tu es aussi en contradiction avec toi-même ; tu as décidé de vivre et tu veux te priver du seul réconfort assuré dans la vie qu'est l'amitié.

Momi regardait par terre, plongé dans ses pensées, et se taisait. Et ils revenaient, chaque soir. Ils lui donnaient des nouvelles de l'école. Entre autres ils lui avaient parlé de l'absence d'Antero, qui avait demandé un mois de congé pour épuisement. Pasini était devenu pensif ; depuis quelque temps la figure d'Antero revenait de manière insistante à sa mémoire ; certaines de ses attitudes qu'il avait à peine remarquées lui semblaient à présent, à la réflexion, pleines de sens : le fait de s'être détaché de ses amis, de se tenir exprès loin du groupe qui entourait Edda, ce vouvoiement obstiné qu'Antero était le seul de toute la classe à employer pour s'adresser à Marty, tandis que, aux moments où il se croyait moins observé, il lui lançait des coups d'œil confiants et pleins d'ardeur ; tout cela lui laissait penser qu'Antero aimait Marty et l'aimait d'une manière différente et plus profonde que les autres, peut-être de la même façon que lui-même l'aimait. À présent il comprenait pourquoi l'ami de naguère ne s'était jamais présenté à la porte de sa chambre d'hôpital, pour savoir s'il était mort ou vivant. Il sentit se réveiller dans son cœur une profonde sympathie pour Antero. Il désira vivement le revoir. Son mois de congé devait se terminer dans quelques jours, il le reverrait donc au lycée, où lui-même allait retourner. Il avait pris la décision de se présenter à l'examen, et voulait même tenter la première session, pour en avoir terminé définitivement et le plus rapidement possible avec cette école où il avait passé huit années en proie à la mélancolie, et qui lui pesait surtout en raison de ces tragiques derniers mois.

Ils se revirent au lycée. Le hasard fit qu'ils y retournèrent tous les deux le même jour. Ils se rencontrèrent dans le hall. Pasini était avec Mitis. Antero avait changé, il avait grossi, son visage plus rose s'accordait d'une étrange façon à son nouveau costume d'été aux tons clairs ; on aurait dit qu'il sortait tout juste de chez le tailleur et de chez le coiffeur.

— Oh, regardez donc qui voilà ! lui lança Mitis, agressif. Comme tu t'es embourgeoisé ! ajouta-t-il avec mépris.

Mais Antero, sans lui répondre, chercha la main de Pasini ; il le regarda dans les yeux avec une affectueuse inquiétude et lui dit doucement :

— Comment vas-tu, Pasini ? Pardonne-moi de n'avoir pas eu le courage de te parler ni de t'écrire jusqu'à maintenant ; mais crois-moi, j'ai souffert et je t'ai compris.

Pasini lut ses sentiments sur le visage de son vieil ami, et son esprit lui parut sincère. Il l'étreignit.

— Mon vieux, lui dit-il, nous voilà bien changés, toi par l'air des bois, moi par le goût de la vie recouvrée. Mais il n'y a que nous, peut-être, qui puissions lire à l'intérieur de nous-mêmes. Quel désastre sous nos cendres ranimées !

L'année scolaire touchait à sa fin. L'imminence de l'examen et son importance avaient rattrapé ces jeunes gens de la classe de terminale qu'une tumultueuse vague de vie avait entraînés loin des digues scolaires, et les avaient remis dans les limites et dans l'ordre d'avant. Avec la préoccupation de l'étude et des notes, cette fois vraiment décisives, était revenue aussi cette gaieté collégiale qui semblait avoir été définitivement bannie de la classe de Marty. La classe était de nouveau, après si longtemps, au complet. Chacun, inconsciemment ou à dessein, faisait de son mieux pour éliminer tous les motifs de nouveaux conflits et pour éteindre les anciens ; chacun sentait ou devinait que c'était là le dernier bout de chemin encore concédé à l'adolescence, et qu'il fallait le parcourir en bande.

— Allons ! dit un jour cette bonne pâte de Vitelli, des figures de six pieds de long, on en a tellement fait jusqu'à maintenant qu'il y aurait de quoi composer une mascarade tragique inédite ! Pourrait-on, de grâce, revenir à la comédie ?

— Mais c'est toi qui feras Polichinelle, répondit Mitis.

Tous se mirent à rire. Et cet éclat de rire général qui n'avait plus résonné dans la salle de classe depuis si longtemps, émut tout le monde, après un moment de stupeur.

— Attention, si « Mandrill » nous entend, il va se mettre en rogne. C'était Turez qui lançait sa première pique de l'année.

— Plus en rogne que ça… s'écria Saletti, gargouillant en plein milieu d'un nouvel éclat de rire.

— Taisez-vous, voilà le « man… dlill », hurla Marzi qui avait passé la tête à la porte, faisant vibrer ces trois *l* comme une sonnerie. L'éclat de rire général cette fois devint un roulement de tonnerre retentissant.

« Mandrill », le professeur de philosophie, violet de colère contenue, se précipita dans la salle.

— Mais où donc vous croyez-vous ? hurla-t-il. Dans le tohu-bohu de l'enfer ?

— « Le rat était auprès de chattes très cruelles ! * » entendit-on Turez chuchoter depuis le dernier rang, le visage impassible.

Un bourdonnement de rires réprimés fit baisser les têtes comme les épis d'un champ de blé.

— Il y en a un qui va payer pour tout le monde ! hurla à nouveau le professeur, furieux.

Silence.

— Bravo pour votre sérieux, poursuivit-il. Ici on n'étudie pas. Ici toute l'année on fait les pitres ; et à la fin, juste avant les examens, quand le moment serait venu de reprendre ses esprits, on les perd complètement. A-t-on jamais entendu un boucan pareil ? Pire que si vous étiez des garnements des rues !

— Du respect pour les humains, Cynocéphale ! Nouveaux rires encore plus fortement réprimés. Le professeur n'entendit pas ou feignit de ne pas avoir entendu, et commença son cours.

La classe était comme rajeunie. Cette joyeuse matinée ne pouvait pas s'achever sans être scellée par un grand chœur. Et chœur il y eut, puissant, au grand dam de tout l'institut. Accoururent plusieurs enseignants et le proviseur en personne, lequel menaça la classe des plus sévères punitions, et même de suspendre sur-le-champ la session d'examens de juillet et de renvoyer tout le monde à celle d'octobre. Mais la

* Dante, *L'Enfer*, XXII, 58 (trad. J. Risset). [NDT]

clémence l'emporta : on allégua la chaleur et l'inquiétude causée par les examens.

Durant les journées de pause entre le dernier cours et le début des examens, la chambre de Mitis devint un véritable quartier général. Y siégeaient en permanence Antero, Mitis, Pasini, Momi, en bras de chemise, autour d'une table couverte de dictionnaires, de textes latins et grecs, de livres d'histoire et d'atlas. À tour de rôle, ils s'interrogeaient mutuellement sur un passage difficile, ou sur la résolution d'un problème compliqué ; tous pestaient contre le programme trop chargé. De temps à autre, la mère de Mitis, une petite vieille silencieuse et pâle, apportait des rafraîchissements. Alors, s'ils n'étaient plus que tous les quatre, ils cessaient d'étudier et parlaient d'autre chose. Ils parlaient de leur avenir. Mitis se sentait attiré par le journalisme ; il allait faire des études de droit, mais dès que possible il voulait engager la bataille politique : ses idées étaient précises, il fallait pousser l'Italie à la guerre contre l'Autriche. Pasini ne savait pas à quoi ressemblerait sa vie :

— J'aimerais bien aller à Paris, disait-il, et vivre au jour le jour, de misère et d'utopies ; de toute façon moi je n'arriverai jamais à rien dans la vie.

— Non, intervenait Antero, tu es excusable de parler ainsi, mais moi je crois que vivre c'est accomplir un devoir.

— Mais lequel, quel devoir ? répliquait vivement Pasini.

— Peu importe si je ne sais pas précisément ce qu'est ce devoir, répondait Antero, il suffit que je sente, comme je l'ai senti vraiment à de nombreuses reprises pendant ce mois où j'ai pu réfléchir bien calmement, que nous sommes ici-bas pour travailler et pour souffrir.

Mitis approuvait, Pasini hochait la tête, pas vraiment convaincu. Momi gardait le silence.

— Momi, dis quelque chose, l'incita Antero en lui donnant une tape sur l'épaule.

— Si Dieu existait, finit-il par grommeler, la vie ne serait pas aussi irrationnelle ! D'ailleurs moi je songe à travailler à la mine ; plus on s'enfonce sous terre, moins on a de nuages qui nous tournent autour de la tête.

Jamais Momi n'avait parlé aussi longuement et tous l'écoutèrent, étonnés. Marty entra.

— C'est sûr que s'il continue à faire chaud comme ça, moi je ne passerai pas l'examen, je serai morte avant. Et puis il y a tellement de choses à réviser que je renonce presque à le faire !

— C'est ça, dit Mitis, tu invoques toujours des milliers de *mais* et des milliers de *si*... et puis à l'examen, tu vas tous nous enfoncer !

— Tu te souviens, ajouta Antero, de ton examen au début de l'année ? Tu ratais soi-disant dans toutes les matières, et au contraire...

— Vous croyez que je joue la comédie ? Eh bien, interrogez-moi en histoire ; vous verrez que je ne sais plus rien ; j'ai la tête à l'envers.

— Date de la mort de Frédéric II ? questionna aussitôt Pasini.

— 1250.

— Bataille de Lépante ?

— 1571.

— La paix de Lunéville ?

— 1801.

— Ça suffit, ça suffit, interrompirent ensemble Mitis et Antero.

Marty approcha une chaise de la table et s'assit.

— À qui est ce demi-verre de citronnade ? demanda-t-elle, en le soulevant et le mettant à la lumière.

— À Momi, répondit Pasini.

— Au fond, Momi a toujours été le plus généreux de vous tous ; vous autres, vous vous plaignez de ce que les autres ne vous donnent rien, et pendant ce temps vous videz vos verres : alors que Momi se tait et laisse la moitié du sien pour les nouveaux assoiffés.

Et elle se mit à boire à petites gorgées.

— Bois, Marty, dit Momi qui semblait transfiguré à cet instant, c'est peut-être la dernière gorgée que tu savoures en notre vivante compagnie. Dans trois mois, quand nous serons éparpillés de par le monde, l'un à Florence, l'autre à Paris, un autre encore à Vienne, tu te rappelleras à peine nos noms.

Edda Marty secoua la tête :

— Non, vous n'avez jamais su me prendre, pas même toi, Momi. Vous ne m'avez pas comprise. Moi je voulais juste être l'un de vos camarades, mais vous m'avez toujours repoussée et ramenée à mon sexe, vous m'avez obligée à rester une femme pour que je vous fasse du mal.

Pasini était inquiet :

— Vous parvenez à parler calmement, vous autres, je vous trouve vraiment olympiens ; mais moi je ne suis qu'un pauvre mortel qui souffre encore de sa blessure. J'ai hâte de m'en aller d'ici. Et peut-être que je pourrais tous vous oublier, oublier jusqu'à vos noms.

Antero s'était levé, il voulait interrompre ce discours, car il lui semblait inutile et pénible ; il sentait que pour lui cette année avait été la première expérience de sa vie, grande et douloureuse : c'est à partir de là qu'il commencerait. Il s'approcha de la fenêtre :

— Venez, venez voir, appela-t-il, cet énorme nuage rouge qui avance dans le ciel !

En un moment l'air devint livide ; les premières grosses gouttes tombèrent et s'imprimèrent en larges taches sur les pavés. Puis, soudainement, là-haut, le ciel se déchira et, avec force éclairs et fracas, faisant trembler la maison et tinter les vitres, s'abattit une tempête prodigieuse, avec des grêlons gros comme des noix. Un beau tapis blanc crissant s'étendit dans les rues ; les toits et corniches des maisons brillèrent, comme vitrifiés.

Marty, se penchant par la fenêtre, attrapait des poignées de grêlons et les offrait à ses camarades.

— Ohé ! Mitis, Momi ! entendit-on crier dans la rue.

Tous se mirent à la fenêtre. En bas, trempés et joyeux, il y avait Zottig et Saletti, ainsi que quelques autres condisciples qui levaient leurs visages réjouis et criaient :

— Venez vite, il y a une inondation au lycée ! Un tas de professeurs sont bloqués à l'intérieur !

Ils se précipitèrent. Le spectacle valait la peine d'être vu : presque toutes les rues basses, proches de la mer, étaient transformées en torrents fangeux sur lesquels flottaient encore les grêlons de la tempête. Le lycée ressemblait à une île. Aux fenêtres du rez-de-chaussée, certains professeurs affichaient une mine tragique, ou contrite, ou hilare, mais tous semblaient dire : « Regardez donc ce qui nous arrive, à nous qui devons respecter les convenances ! »

En face, au portail, un grand bateau grouillait d'un équipage gesticulant, prêt à accabler de sifflets et lazzi quiconque, parmi les assiégés, tenterait une sortie.

L'arrivée de Marty et de ses camarades qui pataugeaient dans l'eau jusqu'aux genoux, fut accueillie avec des hourras de jubilation. Ils furent tirés par cinquante bras et hissés sur la grande charrette – l'un de ces chariots longs et étroits qu'on utilise ordinairement pour le transport des agrumes, et qui avait été traîné sur le trottoir.

— Mitis capitaine ! s'écria-t-on de toute part.

— Eh bien, les gars, commença à haranguer Mitis, nous sommes des pirates, mais nous sommes généreux.

Que quatre ou cinq d'entre nous se déchaussent et fassent aborder le bateau sur l'autre rive, et qu'on embarque les... les...

— Crabes... les tourteaux..., suggéra-t-on au milieu de grands éclats de rire.

— Silence ! embarquons les... naufragés et transportons-les au sec.

La proposition ne fut pas acceptée à l'unanimité, d'aucuns protestaient qu'ils ne le méritaient pas, qu'il fallait les laisser sans dîner... Mais dix volontaires étaient déjà dans l'eau et commençaient à tirer le chariot en direction de l'institut.

Il fallut de longues tractations, faites d'invitations et de refus, avant que les professeurs, surmontant leur méfiance, acceptent d'être transportés sur le chariot. Et quand celui-ci prit son élan, plus d'un se vit en imagination les jambes à l'air au milieu du bourbier. Mais Mitis dirigeait la manœuvre avec honnêteté et application.

— Comment, vous êtes là vous aussi ? s'étonna le professeur de grec quand, passé les premières frayeurs, il s'aperçut de la présence de Marty.

— Ici ? Mais, professeur, je vais partout où il est possible de chahuter avec mes camarades, répondit-elle promptement.

— Ah, ah, ah, soupira « Mandrill », comme nous nous trompons dans nos jugements !

— Professeur, professeur – appelait Zottig depuis le bord du chariot, en pataugeant dans l'eau jusqu'aux genoux –, avec tout le mal que je me donne ! – et là une mimique hilarante – une petite question, allez, je mérite bien une petite question de philosophie !

— Ah, gredin, je vais t'en donner, moi, des questions de philosophie !

Et ainsi, très rapidement, poussés par le vent de la bonne humeur, les passagers purent descendre dans la première rue à sec. On rapporta le chariot. La compagnie se sépara sur des vœux pour une tempête plus forte encore le lendemain, premier jour des examens.

À part Zottig et Turez, qui devraient repasser en octobre, tous les autres obtinrent le diplôme, même Pasini. Le dîner final resta dans les annales estudiantines comme l'un des plus beaux et des plus spirituels dîners de fin d'études secondaires.

Et puis, les uns étant partis à la montagne, les autres aux bains de mer, d'autres encore en voyage, la compagnie qui restait à Trieste s'amenuisa. Antero rejoignit sa famille dans un petit village de la côte istrienne, où l'attendait son canot à voile. Momi et Mitis partirent avec chaussures à clous et sacs à dos, projetant de parcourir à pied toute la région du Cadore. Pasini suivit de mauvais gré sa sœur dans un pauvre hameau d'altitude du Carso, pour se rétablir. Marty eut de graves crachements de sang et faillit mourir ; à peine remise, elle voulut embarquer pour un long voyage en Orient. Neranz resta ; à midi et le soir, il se baladait sur le Corso, prenait le bras de tel ou tel camarade qu'il rencontrait – et alors, libre cours aux révélations concernant Marty : même des professeurs avec barbe et famille étaient tombés amoureux d'elle ; et elle les avait tous conquis, elle était capable d'en avoir quatre ou cinq en même temps – une vraie gourgandine.

« Figure-toi, finissait-il toujours par dire, qu'elle a même essayé de me mettre la corde au cou, à moi. "Veux-tu m'épouser, Neranz ?" m'a-t-elle proposé une fois. "Moi, t'épouser, plutôt me pendre !" » Se préparant à rire, il retirait son bras de celui de son camarade et, des deux mains, remontait ses lunettes sur son nez minuscule.

Cet ouvrage a été achevé d'imprimer en novembre 2023
dans les ateliers de Normandie Roto Impression S.A.S.
61250 Lonrai
N° d'imprimeur : 2304113
Dépôt légal : février 2024

Imprimé en France